U0739871

[插图本]

岳飞传

[清] 钱 彩／原著

金灿灿／改编

浙江摄影出版社

目
录

第一章　岳飞出世遇洪水　001

第二章　认义父刻苦学艺　005

第三章　内黄县武考显威　011

第四章　乱草冈智降牛皋　015

第五章　考武举岳飞归乡　019

第六章　进京赶考拜宗泽　023

第七章　比武枪挑小梁王　026

第八章　金兀术兴兵来犯　032

第九章　奸臣卖国献二帝　036

第十章　脱金营高宗登基　040

第十一章　守忠义岳母刺字　044

第十二章　八盘山小胜金兵　047

第十三章　青龙山大破金军　050

第十四章　邦昌奸计害忠良　054

第十五章　太行兄弟闹京城　058

第十六章　兀术败走爱华山　062

第十七章　藕塘关牛皋醉酒　066

第十八章　栖梧山元庆归降　070

第十九章　失建康高宗被困　073

第二十章　高宠毙命铁华车　077

第二十一章　金兵突袭岳家庄　081

第二十二章　岳云寻父建首功　083

第二十三章　宋金决战牛头山　087

第二十四章　秦桧叛国返中原　090

第二十五章　岳飞义服杨再兴　094

第二十六章　小商河再兴捐躯　098

第二十七章　送钦差汤怀殉国　102

第二十八章　王佐断臂假降金　105

第二十九章　岳飞大破连环马　112

第三十章　朱仙镇兀术惨败　117

第三十一章　十二金牌召岳飞　121

第三十二章　风云变岳飞下狱　125

第三十三章　风波亭忠臣遇害　128

第一章　岳飞出世遇洪水

　　宋徽宗崇宁二年(1103)，在河南省相州汤阴县永和乡的一个农户家里，出了一桩奇事。正是仲春二月，万木抽青，杂花生树，群莺乱飞，一派风和日丽的春日美景。在那百鸟鸣啭中，却有一只金翅的大鹏鸟，自青翠的群山山坳中飞出，飞到一个简陋却异常整洁的农家院落的上空，盘旋不去。那大鹏鸟的眼睛像是熠熠生辉的宝珠，霞光四射的金色翅膀像日月一样耀眼。整个村子的人都说，神鸟来朝是天降吉兆，这老岳家怕是要交上好运啦！

　　原来这家农户姓岳，世代务农为生。男主人名叫岳和，老实憨厚，很重义气，即使节衣缩食，也要济人之困，深得乡人爱戴。唯一遗憾的是，岳和年过半百，夫人姚氏也已四十出头，才怀上第一胎，现在已满十月就要临盆。这天晚上，恰巧是十五月圆之夜，伴随着响亮的啼哭声，姚氏生下了一个男孩。岳和中年得子，全家上下都是欣喜异常。

这天，门外有个道人来化斋。岳和看那道士鹤发童颜，骨格清奇，像个得道高人，忙请到家中，抱出出生没几天的男婴，请道士赐个名字。道士一看，暗暗吃惊，只见新生儿顶高额阔，鼻直口方，长相非凡，心想难怪刚才在屋外看见一只金翅大鹏绕着岳家的院落盘旋，久久不肯离去，便道："令郎相貌不凡，将来必定如大鹏展翅，前程万里，就取名为'飞'，表字'鹏举'吧！"岳和听了喜不自胜，再三称谢，又摆下筵席，热情款待那道人。

吃完饭，道士正要起身告辞，忽然看见天井中有两口大瓷缸，里面正好没有贮水，空空如也。他绕着其中一口缸看了一圈，赞道："真是一口好缸！"然后用拐杖在缸上画了三道灵符，口中念念有词，道："三日内小公子如果受了什么惊吓，让夫人抱着坐在这瓷缸内，可保平安无事。"原来这道

士早就识破天机，知道黄河即将决口，特地来帮助岳飞渡过劫难。岳和肉眼凡胎，不知道这其中的玄机，但还是连连称谢。那道士别了岳和，出了门，飘然而去。

第三天，岳家张灯结彩，宾朋满座，所有的亲眷好友都来庆贺小岳飞的三朝。岳和笑呵呵地忙里忙外，憨厚的脸上挂满了笑容。众人都说："老来得子，真是天大的喜事！"闹着要看新生儿，岳和满口答应，入内将小岳飞抱上厅来。众人见了这粉妆玉琢的小娃娃，你一言我一语地逗弄了起来，小岳飞也转着两颗乌溜溜的眼珠四处张望，煞是惹人喜爱。这时，村里张二狗家的小子，冒冒失失地挤进来，叫道："好可爱的小官人啊！"说着抓起小岳飞粉嫩嫩的小手捏了一把。这突如其来的动作把小岳飞吓了一跳，哇哇大哭了起来，无论怎么哄也止不住。众人一边责怪这男孩莽撞，一边见天色已晚，就渐渐散了。

小岳飞还是一个劲地啼哭，岳和束手无策之际，忽然记起前日道士说的话，对姚氏道："宁可信其有，不可信其无。那道长说话行事颇有道理，不如暂且一试吧。"说着，带着抱着小岳飞的姚氏来到后院，拿了条绒毯垫在大瓷缸内，扶着姚氏坐了进去。说来也怪，姚氏刚在缸内坐定，小岳飞就停止了啼哭，还对着他们夫妇俩笑呢。

岳和夫妇正自高兴，忽然听见外面天崩地裂般的一声巨响，好像有千军万马由远及近奔腾而来，其中还夹杂着惊呼声、求救声、家具破裂声和房屋的崩塌声。岳和大叫一声："不好！黄河决堤了！"那时黄河尚未改道，汤阴县在黄河内黄段的西面。浑黄的浊浪一波又一波地从东向西奔泻而下，附近的村庄都成了一片汪洋。慌乱之中，岳和一时找不到可以浮水的东西，水浪却已经像小山一样打了过来。姚氏急得在缸内大哭："天哪！这可如何是好?"岳和扳住缸沿，身体在水中挣扎沉浮，叫道："夫人，岳氏只有这点血脉，就托付给你了!"说完，岳和松开了抓住瓷缸的手。一个大浪打过来，岳和淹没在水中，转眼就不见了。姚氏大叫一声，昏了过去。

不知过了多久，瓷缸一路随波逐浪被冲到了河北大名府内黄县境内。在离县城三十里远的地方有个麒麟村，村里有一位叫王明的员外，夫妇俩都五十开外，极为乐善好施，是远近闻名的大善人。一天，王员外准备外出办事，刚出门就见一群人围在河边吵吵嚷嚷。有人对王员外说："黄河决堤了，冲下来不少箱笼物件，还冲下来一口瓷缸，里面坐着人，大家正不知如何是好呢!"王员外急忙赶过去，和众人一起用挠钩连缸带人捞了上来。王员外见是个妇人抱着一个刚出生不久的孩子，那妇人显然是受了莫大的惊吓，奄奄一息，很是虚弱，就向附近的人家讨了一碗热汤给她喝。姚氏喝了汤后恢复了些精神，痛哭着向大家诉说了遭灾的经过。王员外见她无家可归，便请她到自己家里暂住。

过了几天，洪水退去，王员外派人四处打听岳和的下落，可是一点消息也没有。他们夫妇见姚氏孤苦无依，就让母子两人在自己家里长住下去。

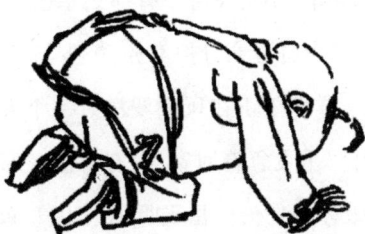

第二章 认义父刻苦学艺

光阴似箭，日月如梭，转眼小岳飞七岁了。在那场无情的洪灾之后，一贫如洗的岳飞母子，除了王员外夫妇偶尔的接济之外，就靠着姚氏平时做一些针线活来维持家用。迫于生计，小岳飞很小就开始做一些砍柴、放猪等力所能及的活计。

王员外的儿子王贵也已经六岁，王员外请了一位先生在家里教他读书写字。村中有一个汤员外，一个张员外，都是王员外的好友，也将儿子汤怀、张显送来一起读书。王贵、张显、汤怀都是富家子弟，非但不肯用心读书，还终日在学堂里舞棒弄拳，闹得鸡犬不宁。一次，先生只是稍微责备了几句，他们就合伙把先生按在桌上，几乎把先生的胡须拔了个精光。先生一气之下辞职走了。接连几位先生都是如此，后来就没有先生愿意来教他们了。王贵没了先生的管教，更加肆意妄为，四处惹是生非。王员外几次想管教，都被夫人护着，奈何他不得，气得整天食不知味，寝不安席。

　　和这些同龄人比起来，小岳飞可没有那么幸运。穷人的孩子早当家，懂事的岳飞每天起早摸黑替母亲分担家务，极少与其他孩子嬉戏。一次，岳飞砍柴回来，遇到一群小孩正在玩叠罗汉。一个大孩子看见岳飞就喊道："跟我们一起玩吧！"岳飞急着回家，没有答应。那孩子就叫道："你不陪我们玩，我们就打破你的狗头！"岳飞听了很生气，就说："难道我还怕你们不成！"七八个小孩一齐扑过来，却被岳飞猛力一甩，推倒三四个，脱身走了。那些孩子打不过岳飞，便哭哭啼啼地跑到姚氏那儿告状。姚氏安抚那几个孩子回去后，意识到必须教岳飞读书识字了，否则长大后会成为一介莽夫。

　　从此，姚氏就手把手地教岳飞读书写字。岳飞资质聪颖，一教便会，一读便熟，让姚氏很是欣慰。由于家贫买不起笔墨纸砚，岳飞想出了一个省钱的好法子，他用杨柳枝做的笔在河沙上写字，字写满了就将字迹抹平，再重复使用。岳飞用这种方法识了不少字，还练就了一手笔走龙蛇的好书法。然而，姚氏毕竟识字不多，也无法传授经书文义，岳飞只得靠着日夜勤学苦读，自学成才。

　　这天，张、汤二位员外来拜访王员外，三人谈起儿子的劣行，都很苦恼。这时，门房进来通报说："外面有一位从陕西来的客人，叫周侗，要见员外。"三人听了大喜，忙到门外迎接。原来这周侗是个文武双全的全才，曾在军中担任教官。只因主张抗辽抗金，在朝中屡受主和派压制，郁郁不得志。

　　四人进了大厅，见礼坐下。王员外拉住周侗的手，问道："多年不见，大哥一向可好？"周侗告诉他们，他的妻子早已过世，儿子抗辽死在军中，原有两个徒弟,一个是玉麒麟卢俊义,一个是豹子头林冲,也被奸臣害死,如今只剩下他孤身一人,举目无亲。因为在老家有几亩田地叫人耕种着,这次出门收租,正好途经麒麟村,所以顺道来探访故友。

三人听了,唏嘘不已。周侗道:"不说我的事了,几位贤弟家中可安好?"张员外叹了口气说:"不瞒大哥,我们三个正为了家里那不成器的东西,在这里诉苦。"三人各把自己儿子的事说了一番。周侗道:"侄儿们的年纪也不小了,为何不请个先生来教他们?"汤员外说:"我们何尝不是这样想?请了好几位先生,都被他们打跑了。这样顽劣,谁肯教他们?"周侗微笑着说:"那是这几位先生没本事教他们,不是我夸口,若是我教,保管让他们一个个都服服帖帖!"三个员外听了大喜过望,忙央求说:"既然如此,不知大哥肯不肯屈尊留在这里?"周侗犹豫了一会儿,回答道:"看在三位老弟的面上,我就教教侄儿们吧!"三个员外喜不自胜,连连致谢。

第二天,员外们送三个孩子来学堂,给周侗行拜师礼。行完礼,周侗叫大家打开书,由王贵先读第一篇。王贵叫嚷道:"客人都没读,为何叫我主人先读?这么不知礼数,还亏你好意思出来做先生!"说完,他伸手向袜筒里一摸,拿出一条铁尺,朝周侗头部打去。周侗是个习武之人,早就把头一偏,眼疾手快地夺了铁尺,然后揪住王贵的衣领一提,摁倒在桌子上,拿过铁尺狠狠地照他屁股上打去。王贵痛得嗷嗷直叫。张显、汤怀见了,吓得半死,也不敢调皮了。

再说岳飞在隔壁,每每将凳子垫高,趴在墙头上听周侗讲课。周侗讲的一字一句,他都牢记于心。一天,周侗要外出办事,就对三个学生说:"我出了三个题目,你们每人就一个题目用心写一篇作文,等我回来批阅。"说完,就换衣服出门了。岳飞见周侗走了,就溜进学堂想看看周侗留了什么题目。王贵、汤怀、张显正为作文发愁，看见岳飞如同见了救星一般，忙叫岳飞替他们把作文写了。岳飞不肯答应，三人就把岳飞反锁在学堂里，对岳飞说："等你写完了作文，我们自然放你出来！抽屉里有点心，你肚子饿尽管吃！"说完，三人飞跑着玩耍去了。

岳飞无奈，只好把他们三人的文章都做好了。搁笔之后，岳飞走到先生的座位上，见桌上放着一篇周侗的文章，便拿起来细细看了。岳飞见这篇文章写得行云流水，字字珠玑，不由得拍案叫好，道："我岳飞若能得到这人的教诲，何愁以后不能建功立业！"于是，他提笔蘸墨，在墙壁上写了几句诗："投笔由来羡虎头，须教谈笑觅封侯。心中浩气凌霄汉，腰下青萍射斗牛。英雄自合调羹鼎，云龙风虎自相投。功名未遂男儿志，一在时人笑敝裘。"写完，他又在后面题了"七龄童岳飞偶题"几个字。岳飞刚刚放下笔，就听到门外一阵喧闹声，王贵、张显、汤怀三人慌慌张张地推门进来，叫道："岳飞快走，先生来了！"岳飞听了，慌忙跑出了学堂。

不一会儿，周侗踱着方步来到学堂，拿起孩子们的文章看了起来。他越看越觉得文理通顺，各有精妙，比三个学生平时的水平高出了一大截。周侗不由得疑惑起来，心想莫不是请人代做的，就问道："今天我外出后，有谁到学堂里来过？"三个孩子互相看了看，心虚地摇了摇头。周侗正要再问，猛然抬起头来，看见墙壁上写着几行字。他走上前去一看，原来是一首诗。虽然不甚工整，但挥洒自如，抱负不凡。再看落款写着岳飞的名字，就指着王贵三人骂道："你们这些孽障！墙上有岳飞题的诗，怎说没有人到学堂里来？难怪你们三人的文章做得与往日不同，原来是他代做的。王贵，你快去请岳飞来见我！"

王贵不敢作声，到岳家对岳飞说："不知道你在墙上写了什么东西，先

生见了叫我来请你去!"岳飞听了,忐忑不安地跟着王贵来到学堂。周侗
微笑着打量岳飞,见他相貌堂堂,举止有度,便请他坐下,问了一些家中都
有何人、师从何人读书之类的问题,岳飞都据实回答了。周侗见岳飞虽然
自幼丧父,但天资优异,勤奋刻苦,就有心收岳飞做义子。

　　于是,周侗把岳母请到王员外家来,向她提出想收岳飞为义子。他见
岳母还有疑虑,就说:"岳飞抱负远大,日后必成大器。但玉不琢,不成器,
没有一个好老师点拨,岂不可惜?岳飞认我做义父,也不必更名改姓。我
只想将一身本事,尽心传授给岳飞。"岳母这才答应了,让岳飞朝着周侗跪
下,深深拜了八拜,行了认父礼。此后,周侗又让岳飞与王贵、张显、汤怀
结为兄弟,四人朝夕相处,一同学艺。

春去秋来,周侗已经将十八般武艺,悉数传授给了他们兄弟四人。这天,师徒五人到沥泉山看望周侗的老友志明长老。机缘巧合,岳飞得到了一杆"沥泉枪"和一册行军布阵的兵书。在周侗的悉心指导下,岳飞刻苦研习,武艺大增,箭法尤为出类拔萃。周侗又给王贵传授了刀法,给汤怀和张显传授了枪法。弟兄四人每日开弓射箭,舞枪抢刀,其乐融融。

第三章　内黄县武考显威

　　转眼,岳飞十六岁了。一天,麒麟村的里长来了,说县里要举行武考,他已将岳飞、王贵、张显、汤怀的名字报上去了,让他们打点好行装,本月十五日前去考试。周侗吩咐弟子们备办弓马,准备赴考。四人都跃跃欲试,兴奋不已。

　　考试那天,周侗师徒五人早早来到内黄县校场,只见校场内人山人海,好不热闹。比试的第一项是射箭,演武厅内拉弓射箭的声响不绝于耳。周侗对王贵、汤怀、张显道:"等会儿你们三人先去比试。若岳飞先出场,就显不出你们的本事了。"三人点头答应了。

　　点到麒麟村的武童时,张显、王贵、汤怀答应着,一齐走到县官李春面前。李春因为之前比试的武童武艺太差,正有些怏怏不乐,看到麒麟村这三个武童雄赳赳、气昂昂地走过来,精神为之一振。他见少了岳飞,就问:"还有一名岳飞,为何还没到?"汤怀回答道:"他随后便到。"李春于是说:

"那你们先考弓箭吧。"汤怀说:"请老爷吩咐将箭垛摆远些。"李春叫校尉将箭垛往后移。三人要求再摆远些,李春又叫校尉往远处移,连挪了三次,直到摆到一百二十步开外。

这时,三人抖擞精神,拿出周侗所教的本事,拉弓射箭,只听见"嗖嗖"几声箭响,三支箭箭箭中垛,无一虚发,四周一片喝彩之声。李春看了十分高兴,便问:"你们三人的弓箭是何人所教?"汤怀上前答道:"家师是关西人,姓周名侗。"李春一听说是周侗,忙说:"原来你们的师父是周老先生。他是我的好友,许久不曾相见了,快去把他请来!"

不一会儿,周侗就带着岳飞来到演武厅。李春忙走下台阶相迎,两人寒暄了一番,岳飞也上前行礼。周侗道:"这是我的义子岳飞,请贤弟看看他的弓箭如何?"李春见岳飞相貌魁梧,言行有礼,心里已有了几分喜欢,便问:"令郎能射多少步数?"周侗说:"小儿年纪虽轻,却有些蛮力,恐怕

要射到二百四十步。"李春心里虽然不信，口中却是连连称赞，吩咐校尉将箭垛摆到二百四十步处。

岳飞走下台阶，立定身，拈定弓，搭上箭，"嗖嗖嗖"地连发了九支箭。那擂鼓的连忙打鼓，从第一支箭打起，直打到第九支，方才住手。原来九箭连发，支支中的。下边这些看考的众人齐声喝彩，各乡镇的武童们都看得目瞪口呆，输得心服口服，连李春也站起来为岳飞叫好。校尉将箭垛拿到李春跟前。李春一看，九支箭射进同一个孔，整整齐齐地攒在箭垛上。众人看见这样高超的射法，都啧啧称奇，赞叹不已。

李春见岳飞武艺高强，越看越中意，就想招他做女婿。他拉住周侗道："岳飞几岁了？可有婚配？小弟有一女，十五岁了，大哥若不嫌弃，就许配给岳飞，如何？"周侗笑道："这自然好，只恐怕我们高攀不起啊。"李春急忙说："你我弟兄之间，何必客套！明天我就送女儿的庚帖过来。"周侗暗暗高兴，让岳飞拜过岳父大人，这才出城回去。

第二天中午，李春派了一个书吏，把女儿的庚帖送到岳家，交给岳母。岳母见儿子订了这么好的一门亲事，很是欢喜。当天，周侗又带了岳飞去县衙谢亲，李春在衙内摆了一桌酒席款待他们。席间，李春得知岳飞还没有坐骑，就让他去马房挑一匹。岳飞连看了几匹都不满意，忽然听见隔壁一声洪亮的嘶鸣。岳飞心中想："这必是匹好马！"果然，那是一匹长约一丈、身高八尺、浑身雪白的兔头马。岳飞面露喜色，解开绳索，正要跃身上马，那马突然举起前蹄乱踢，岳飞把身子一闪，那马又转过头来乱咬。岳飞就势抓住马鬃，跳上马背。那马性子极烈，一个劲儿地踢腾奔跃，但岳飞紧紧抓住缰绳不放，把那马治得服服帖帖的。李春又叫人取来一副好鞍辔换上。岳飞谢过岳父，三人重新入席，父子俩又喝了几杯才起身告辞。

出了县城，周侗想试一下那马的脚力，叫岳飞加上一鞭，那马便快速奔驰起来。只见马蹄翻飞，有如风驰电掣，一下子将周侗甩到了后面。周侗也加了几鞭，紧随其后。周侗和岳飞快马加鞭，一路疾驰，累得满头大汗。两人直跑到麒麟村口，才下马进村。

周侗因跑马跑得热了，回到家中就脱了外衣，取过一把蒲扇用力扇了起来。天色渐晚，周侗忽然觉得头昏眼花，坐立不住，只得去床上躺着。不一会儿，就胸腹胀闷，身子发寒发热起来。岳飞听说，忙赶过来服侍，王贵等也不时到床前问候，员外们也个个忙着为他求医问卜。但周侗的病势时缓时急，不见好转。

到了第七日，病势急转直下。周侗知道自己病入膏肓，寿数将尽，就把四个弟子叫到床前，叮嘱他们要齐心协力，为国效力，四人含泪答应了。嘱托完毕，周侗溘然长逝。岳飞号啕大哭，大家也悲伤不已。众人安葬了周侗，岳飞在墓边搭了个芦棚，住在那里守墓。

第四章　乱草冈智降牛皋

　　光阴易逝,日月如梭,转眼就到了第二年的清明时节。王员外等带着儿子们来给周侗上坟,纷纷劝岳飞回家侍养老母。岳飞再三不肯,王贵等兄弟急了,动手拆去芦棚。岳飞无可奈何,只得拜哭了一场,随大家回去。

　　员外们雇了轿子先行回家了。四兄弟久别重逢,十分亲热,一路踏青游玩着回去。走到半路,众人觉得肚子有些饿,便拣了个视野开阔的山坡坐下休息。大家正在闲谈,忽然听见后边草丛中簌簌乱响。王贵翻身回头,伸脚往那草丛中一搅,只见草丛中爬出一个人来,瑟瑟发抖地跪地叫道:"大王饶命!"王贵一把将他拎起,喝道:"快献宝来!"岳飞忙上前制止道:"快放手,不要胡说!"王贵大笑着把那人放下。那人见岳飞等不像是歹人,就回头招呼了一声,只听得枯草里嗖嗖地响,又爬出二十多个人来,都背着包袱雨具,像是赶远路的。他们告诉岳飞,前面有一个叫"乱草冈"的地方,最近不知从哪里来了一个强盗,见人便抢,现在正拦住一班客商大肆抢劫。他们是从后边抄小路到这儿的，要去内黄县县城。岳飞给他们指了一条去内黄县的大路，让他们放心前去。众人千恩万谢地走了。

然后，岳飞四人各拔了一棵树当作兵器，向乱草冈奔去。远远地，他们就望见一个面色漆黑、身材魁梧的强盗，手拿两条四楞镔铁锏，正拦住一伙商人不放。那伙商人大概有十五六个，却一齐跪在地上求饶："好汉饶命！我们真没有什么东西了。"

岳飞见此情景，计上心来，他对几个兄弟说："我看这人只能智取，不可力敌。我先去会他一会！如果我打不过他，你们再冲出来。"说完，岳飞

就走到那黑大汉面前,叫道:"大王!何苦为难这些人,他们不过做点小本生意,能有什么油水!我是大客商,伙计、车辆都在后边。不如放了他们,等会我多送些财物给大王!"

那大汉听了十分心动,把那些商人都放走了,转过头来向岳飞要买路钱。岳飞说:"买路钱我倒是愿意给,只是我有两个伙计不肯。"那大汉问:"你的伙计在哪里?"岳飞把两个拳头晃了晃,说:"这就是我的伙计。你若打得过他们,我就把钱财给你;如果打不过,那就不要痴心妄想了!"

黑大汉一听大怒,举起拳头朝岳飞面门上打过去。岳飞身形一转,便闪到黑大汉的后面。黑大汉又是一拳往岳飞的心口打来。岳飞身手敏捷,把身子向左边一闪,飞起右脚,一脚踢在那大汉的左肋骨上,黑大汉痛得跌倒在地。

这时,王贵、汤怀、张显等人都跑了出来,拍手称好。黑大汉又气又臊,从腰间拔出剑来就要自刎。岳飞忙拦住他,解围道:"朋友,你真性急,我又不曾和你交手,是你自己不小心滑倒了。"说完,大家一起哈哈大笑起来。黑大汉惭愧极了,扔下剑问岳飞道:"不知尊姓大名?师从何人?"黑大汉一听岳飞是周侗的义子,连忙俯身下拜,说:"怪不得我会输给你,原来是周师父的徒弟!"众人连忙扶起。

原来,这黑大汉本名牛皋,陕西人,世代习武。他父亲久闻周侗的大名,临终前嘱咐夫人说:"若要儿子成名,须要去投周侗师父。"所以母子两人背井离乡,千里迢迢来到河北,一路寻访到这里。由于路途遥远,两人带的盘缠都用完了,牛皋便想抢些钱财,一来用作生活所需,二来当作见面礼,不料恰好遇到了岳飞几个。岳飞得知实情,便将周侗去世的消息告诉了他,牛皋听了神情黯然,发愁将来何去何从。

岳飞见牛皋耿直爽快,就邀他到家中居住。牛皋欣然应允,又将他母亲去接了来,随众人一起回麒麟村。到了家中,岳飞跟岳母说明缘由,将牛皋母子接到家里来同住。众员外知道后也十分高兴,设筵席为牛皋母子接风,又拣了个吉日,叫他们五人结拜为异姓兄弟。自此以后,兄弟五人每日朝夕相处,切磋武艺,勤学苦练。

第五章 考武举岳飞归乡

　　这天，兄弟五个正在打麦场上演练枪棒，里长来通知他们说，相州节度都院刘光世发下公文，要各县武童到相州院考，录取后再到东京参加大考。岳飞等听到这消息十分高兴。当天，岳飞就进城拜见岳父李春，请求把义弟牛皋的名字加进去一同附册送考。李春答应了，又写信给汤阴县县官徐仁，托他照应。岳飞接过信件，拜谢回家。

　　第二天，兄弟五人一早便拜别父母，到王员外庄上集合出发了。弟兄们一路上晓行夜住，说说笑笑，不知不觉来到了汤阴县。岳飞本是汤阴人氏，如今见到故乡，不由想起自己漂泊的身世，暗自流下泪来。

　　岳飞几人到了汤阴县城，找好客栈住下，便去拜会知县徐仁。这徐仁在汤阴已经做了九年县官，因为为官清正、爱民如子深受拥戴，朝廷几次征调都被老百姓们留住。岳飞五人到县衙求见徐仁，递上李春的信。徐仁见他们个个气宇轩昂，高兴地说："贤侄们请先回，都院大人的中军洪先和我相熟，我会请他照应你们，明天只管去辕门候考便行了。"

第二天，兄弟五人来到辕门报到。岳飞上前行礼，请中军洪先领着去见都院刘光世。洪先也不答礼，转头问家将道："他们把常例送来了吗？"家将回答道："不曾送来。"岳飞没想到这洪先如此贪财，一时身上也没带什么财物，只得上前禀道："我们初来乍到，不懂这里的规矩，回去就让人准备好了送过来！"洪先见他们身上没钱，只当是托词，立刻拉下脸来，说今天不考弓马，打发他们过三天再来。

五人听了闷闷不乐，只得骑上马回客栈。刚走到半路，远远就看见县官徐仁乘着轿子过来。五人连忙下马，候立在路旁。徐仁看见他们，忙吩咐停轿，探出身来问道："我正要去见洪中军托他照应，不料你们这么快就回来了，不知考得怎么样了？"众人将洪先索要常例的事告诉徐仁。徐仁一听，非常生气，说："岂有此理，你们随我来！"徐仁带五人来到辕门，求见都院刘光世。刘光世见兄弟五人英武不凡，心中十分喜欢。这时，中军洪先上来禀报说："这五人的弓马很是一般，我已经叫他们回去勤加练习，下科再来参加考试，怎么又来触犯都院大人？"徐仁也上前禀报说："据我所知，是洪中军没有收到常例，故意为难他们。武试三年才举行一次，望大人成全！"但洪先矢口否认，一口咬定岳飞武艺平平，表示若不信比试一场就知道了。刘光世见他们各执一词，说："也罢！你们二人比试武艺给我看看。"

二人领命，在厅下立定。洪先使一柄三股托天叉，气势汹汹地向岳飞扑来。岳飞不慌不忙，取过沥泉枪，迎住洪先的三股托天叉。那洪先恨不得一叉就叉死岳飞，举起叉左冲右突，叉叉致命。岳飞左躲右闪，见洪先叉向他的面门，将头一低，侧身躲过，拽回步，拖枪便走。洪先以为他输了,乘势追赶过来,一叉向岳飞背上刺去。不料岳飞突然转过身来,把枪向上一隔,将洪先的叉掀在一边,然后倒转枪杆,往洪先背上一捺。洪先站不住脚,扑倒在地,摔了个四仰八叉。厅中众人不禁大声喝彩:"果然好武艺!"刘光世大怒,对洪先喝道:"你这样的本事,哪里配做中军! 来人哪,给我叉出辕门去!"左右答应一声,将洪先赶出厅外。洪先满面羞惭,抱头鼠窜而去了。

刘光世又命岳飞五人到箭厅比箭。岳飞当场开弓三百斤,射中二百四十步外的箭垛。刘光世连连叫好,又问岳飞:"你是祖居在内黄县吗?"岳飞回答道:"我原是汤阴县孝悌里永和乡人,因遭洪灾,家产全部漂没,幸得恩公王明王员外收养,因此就住在内黄县。又得先义父周侗教诲,学了些武艺。现在只求早日赶考,博得功名,好重还故里。"刘光世有心招揽

岳飞这个人才，就一面命人编造名册让岳飞等赴京赶考，一面叫徐仁查明岳家旧时基业，拨款盖建房屋，让岳飞迁回故土。岳飞感激不尽，连连叩谢，这才告辞回家。

回到麒麟村，员外们听说岳飞要回汤阴，都不忍分离，决定跟岳飞一起搬到汤阴去。第二天，岳飞又进城去拜谢岳父李春。李春得知岳飞要回汤阴，为免将来路远迎亲不便，就让岳飞和女儿成亲后再启程。岳飞回家将娶亲的事告诉母亲，岳母十分高兴，匆忙准备婚事。娶亲那天，王家庄张灯结彩。到了吉时，李春和女儿乘两顶大轿，一路吹吹打打到了岳飞家。顿时，鞭炮齐鸣，弦乐响起，岳飞与李家小姐拜堂成了亲。

三日后，岳飞又进城拜别李春。各家打点车马，收拾行装，男女老幼共一百多人，细软车子一百多辆，离了麒麟村，热热闹闹地来到了汤阴县。

第六章　进京赶考拜宗泽

　　岳飞五兄弟将家眷在汤阴安顿好后，就进城去拜谢县官徐仁和都院刘光世。刘光世亲笔写了一封给留守宗泽的信，嘱咐岳飞到京后当面递交，还赠给他五十两白银当作路费。岳飞等拜谢辞出。

　　第二天一早，岳飞等告别了家人，向汴京进发。五人一路说说笑笑，不知不觉走了不少日子，终于来到汴京城外。岳飞几人找了个客店住下，然后就到留守衙门去见宗泽。这宗泽是朝中重臣，官拜护国大元帅，留守汴京，上马管军，下马管民。岳飞一行到了留守衙门外，没多久，只见宗泽坐着大轿，被众军校簇拥着，朝留守府而来。

　　宗泽进了衙门后，传令旗牌官："如果有一个汤阴县的岳飞来，立即带进来见我。"原来，宗泽已收到刘光世一封书信，刘光世在信中赞扬岳飞文武全才，是国家栋梁，要宗泽多加提拔。岳飞等人站在外面，见那宗泽威风赫赫，有如阎罗天子一般，心里不免忐忑。待到召见时，岳飞见自己衣着简陋,觉得不是很礼貌,就向张显借了件锦袍穿上,独自进了辕门。来到大堂上,岳飞递上刘光世的亲笔信。宗泽看了信,又见他穿戴华丽,就怀疑刘光世受了贿赂,拍案大喝道:"岳飞!你这封书信花多少银钱买来的?从实招来,如有半句假话,夹棍伺候!"岳飞身正不怕影子斜,从容不迫地将自己的身世和参加院考的经过说了一遍。宗泽听了,面色慢慢缓和了下来,但还是将信将疑,就想当场试一试岳飞的武艺。

岳飞随宗泽来到箭厅,连选了几张弓都嫌太软。宗泽问道:"你平时用多大力的弓?"岳飞回答道:"我平时开得二百余斤,射得二百余步。"于是宗泽叫人搬出他自用的三百斤神臂弓,将箭垛放在二百步外。岳飞拿起弓搭上箭,"嗖嗖嗖"连射了九支箭,支支中在红心。宗泽大喜,又问岳飞:"你平日用什么兵器?"岳飞回答道:"各种兵器都略知一二,用惯的却

是枪。"宗泽又叫人将自己用的点钢枪抬出来。岳飞提起点钢枪,里勾外挑,使出三十六翻身、七十二变化。宗泽看了,不觉连声道:"好!"左右众人也连连喝彩。宗泽又问他行军布阵的策略,岳飞对答如流:"用兵排阵,不可墨守成规。战场有广、狭、险、易之分,用兵贵在知彼知己,灵活应变,出奇制胜。"宗泽见岳飞胸有韬略,见解独到,赞叹道:"你的确是栋梁之材,刘光世的眼光不错!"

忽然,宗泽又皱起了眉头,叹口气道:"真不凑巧,贤侄这次来得不是时候。"原来,滇南南宁州有个藩王叫柴桂,是柴世宗嫡系子孙,被封为小梁王。他想夺取今科状元,以扬名立威。今年主持武举的四大主考,一个是丞相张邦昌,一个是兵部大堂王铎,一个是右军都督张俊,还有一个就是宗泽。这小梁王备了四份厚礼送给四大主考。其他三位主考都收了小梁王的礼物,只有宗泽将礼物退了回去。宗泽叹惜道:"论本事,这状元非你莫属,但如今可能会有些周折。本该留你长谈,只怕耳目众多,会招来闲言碎语。你先回去,待到临场时再作打算。"岳飞只得别了宗泽,回到客店。

第二天,宗泽叫人送了一些酒肴到岳飞几人住的客栈,替他们接风。大家猜拳行酒令,玩得十分尽兴,酒也喝了不少。独有岳飞心事重重,没喝上几杯,便酒涌心头,兀自靠在桌上睡着了。

第七章　比武枪挑小梁王

　　转眼到了考试这天,刚刚四更,众兄弟就起床梳洗,吃了早饭,各自披挂整齐:汤怀白袍银甲,腰里别着弯弓羽箭;张显绿袍金甲,挂着宝剑悬着金鞭;王贵红袍金甲,好似一团火炭;牛皋黑盔铁甲,有如一团乌云;只有岳飞,还是穿着之前那身旧战袍。兄弟五人一齐走下楼来,一个店小二高挑着灯笼引路,另一个店小二左手托一个糖果盒,右手提一大壶酒,叫道:"各位相公,请吃上马酒,抢个状元回来!"兄弟五个每人吃了三大杯,然后拍马往校场而去。

　　岳飞几人到达校场时,已是人山人海,岳飞领大家到一个比较僻静的地方候考。天色渐明,各地的好汉都已经到齐。张邦昌、王铎、张俊、宗泽四位主考一齐到演武厅就座。张邦昌因为收了柴桂的礼物,故意提起岳飞,说道:"听说宗大人的门生岳飞也来应试,请先填上榜吧!"宗泽没料到岳飞仅去过一次留守衙门,就被张邦昌知道了,心里没有防备,一时竟找不出理由来反驳他，只好说："武举是为国选取贤才，怎能由你我私自挑选？既然你对我有所怀疑，那我们就对天立誓，表明心迹，然后再考。"说完，他叫左右摆好香案，焚香立誓道："神灵在上，我宗泽如果存有一点欺君枉法、误国求财的念头，愿死在刀箭之下。"宗泽发完誓，就让张邦昌过来立誓。张邦昌无法推托，不得不在神前立誓："如有欺君枉法，就在外邦死在刀下，有如猪狗。"其他两位主考官，也只好跟着立了誓。

宗泽知道他们三人一心想将状元送给梁王，就命旗牌官唤柴桂上厅，想先考考他。柴桂走进演武厅，向上作了个揖，就站在一边听令。宗泽责备说："你虽然是个藩王，但既然来考试，就是个举子，哪有举子见了主考官不跪拜参见的道理？"柴桂回答不出，只得低头跪下。

张邦昌见宗泽责骂柴桂，心里很不是滋味，就把岳飞叫上来，想骂他一顿出出气。岳飞在张邦昌面前跪下，张邦昌问道："岳飞，我看你人不出众，貌不惊人，有什么本事做状元？"岳飞回答道："今天科场中有几千举子，但状元只有一个。人人都想做状元，我不过是随例应试，力争而已。"岳飞这番话滴水不漏，张邦昌被说得哑口无言，发作不得，只好说："也罢！先考你二人的本事如何，再考别人。你用的是什么兵器？"岳飞回答道："是枪。"张邦昌又问柴桂用什么兵器，梁王回答说："是刀。"周邦昌就命岳飞做"枪论"，梁王做"刀论"。

柴桂受了宗泽一顿教训，早已昏头昏脑，下笔写"刀"，却写成了"力"，心中一急，又涂描了几笔，结果刀不成刀，力不成力。不料岳飞已经写完"枪论"，不慌不忙地交了卷。柴桂也只得交了。张邦昌先将柴桂的卷子看了，笼在袖管里，又拿起岳飞的卷子一看，心里吃惊道："岳飞的文才比我还好，怪不得宗老头儿爱他！"便故意把卷子往地下一掷，喝道："这样的文字,也来抢状元!又出去!"宗泽急忙喝止,叫人递岳飞的考卷上来。他展开卷子细看,却是字字珠玑,文采斐然,便说:"岳飞,你难道不晓得苏秦献'万言书'、温庭筠代作《南花赋》的典故吗?"苏秦上万言书遭秦相商鞅忌妒,温庭筠作《南花赋》被晋丞相桓文毒死,都是历史上有名的妒才忌能的故事。张邦昌明知宗泽骂他,一时心虚也不敢计较,就又命岳飞和柴桂比箭。

张邦昌命岳飞先射,然后暗暗叫亲随将箭靶移到二百四十步开外,好让岳飞知难而退。谁知岳飞不慌不忙地立定了身,当着众人的面,开弓搭箭。只见弓如满月,箭似流星,"嗖嗖嗖"地一连射了九支箭,支支命中靶心,并从同一个孔眼先后射出。张邦昌见岳飞箭法出众,又叫他俩比武。

只见柴桂整鞍上马,手提金背大砍刀,先到校场中间站定。岳飞虽然

武艺高强,心想他是个藩王,怎好交手,不免有点心绪不定。他踌躇着上马,倒提着枪,慢腾腾地走到场中央。众人见状都以为岳飞怯场,柴桂就轻声地说:"岳飞,你若肯诈败,我必重重赏你;若不依从,恐怕你性命难保!"岳飞回答道:"千岁是堂堂藩王,何苦要来争一个武状元的名头?岂不是对上辜负了皇上求贤之意,对下可惜了众英雄报国之心?不如还是让我们这些举子们考吧。"柴桂听了,大怒道:"不识抬举的狗才!看刀!"说罢,挥刀往岳飞头顶砍来,岳飞用枪一隔,架开了刀。柴桂又一刀拦腰砍来,又被岳飞使个"鹞子大翻身"架住。柴桂心头火起,举起刀来,当当当连砍六七刀。岳飞东架西挡,柴桂使尽浑身解数,都没伤到岳飞一根汗毛。

柴桂见伤不到岳飞,就收刀回马,转到演武厅,对张邦昌说:"岳飞武艺如此平常,哪能上阵交锋!"岳飞也上前禀告:"我并非武艺不精,只因与梁王有尊卑之别,武场上刀枪无眼,恐怕不小心伤了梁王。求各位老爷做主,立下生死文书,我才敢交手。"柴桂这时骑虎难下,只得和岳飞交换了生死文书。岳飞下厅去把梁王的文书交给汤怀等兄弟,悄悄嘱咐他们:"我若是被梁王砍死了,你们将我的尸首收了。若是梁王败了,你们把校场门砍开,好让我逃命。"柴桂也吩咐他的家将们,如果岳飞赢了,就用乱刀砍死他。

两人重新回到校场,梁王再次威胁岳飞将状元让给他,岳飞不肯。梁王大怒,提刀便砍。起初岳飞一再相让,柴桂以为他不敢还手,肆无忌惮地使起金背刀,刀刀都想置岳飞于死地。岳飞忍无可忍,叫道:"柴桂,你好不知轻重!"说完,他举枪刺向柴桂心窝。柴桂见这一枪来得厉害,把身一偏,却还是没能避开。岳飞把枪一收,柴桂"扑通"一声落下马来,丧了性命。旁观的众人齐声喝起彩来,巡场官们吓得面面相觑,吩咐护卫们守住场子,不要放走了岳飞。岳飞神色不变,下马把枪插在地上,等候裁判。

巡场官飞奔到演武厅报告:"小梁王被岳飞刺死了!"张邦昌听了大惊失色,喝令将岳飞绑下。刀斧手立即将岳飞绑到厅前。柴桂的家将们拿着兵器冲出来,要替柴桂报仇。但汤怀、牛皋等早已摆开了阵势,拦住他们。张显用钩镰枪一挑,将一座大帐扯去了半边,大喝道:"岳飞挑死梁王,自有公论。你们谁敢擅自动手,休怪我手下无情。"吓得那些家将们齐齐立住,不敢出头。

张邦昌一心要替柴桂报仇,不顾先前立有生死文书,传令要斩岳飞,被宗泽喝住:"这岳飞杀不得!他两人已立下生死文书,若杀了他,恐这些举子们不服,你我都有性命之忧,还是请皇上裁夺吧。"张邦昌道:"岳飞是乱臣贼子,人人得而诛之,斩!"话未说完,底下的牛皋大声喊道:"呸!岳飞武艺高强,挑死了梁王,不能做状元,反要斩首,我们不服!不如先杀了这瘟考官,再去与皇帝老子算账罢!"说完,双锏一摆,就向校场中央的大旗杆打去,顿时"轰"的一声,大旗倒了下来。众举子也齐声喊道:"梁王仗势强占状元,谋害贤才,我们不答应!"一时间校场内一片喊杀之声,吓得张邦昌手足无措,只得叫人给岳飞松绑。

岳飞捡回一条命,也顾不得前去叩谢,取了兵器,就跳上马往外跑。王贵砍开校场门,五兄弟一齐逃出。校场里的举子见考场大乱,都一哄而散。岳飞等逃出校场,匆忙回到客店收拾了行李,往汤阴逃去。

五兄弟快马加鞭,不多时就离城有二十多里了。忽然听得后面马嘶人喊,众人以为是梁王的家将们追杀而来了,正欲拼杀,却原来是宗泽赶来与他们辞别。宗泽将一副盔甲送给岳飞,语重心长地嘱咐他说:"虽然功名未成,但不要一跌就灰了心。日后我定会禀奏朝廷,重用你们!现在暂且回家侍奉父母,文章武艺,也要常常温习演练,不可荒废了。"岳飞听了感动不已,叩谢而别。

第八章　金兀术兴兵来犯

就在岳飞黯然回乡的时候,大宋的国境上战火乍起,风云突变。原来,活跃在东北的少数民族女真族日益强大了起来,他们的首领完颜阿骨打即位后,定国号为大金。阿骨打野心勃勃,早就觊觎中原的地广物博,一心想要夺取宋室江山。

一天,阿骨打派到宋朝探听消息的军师哈迷蚩回来了,向他禀报道:"臣在中原打听清楚了,老南蛮皇帝赵佶已经把皇位让给儿子赵桓。如今这小皇帝任用奸臣,贬黜忠良,不得民心。您若是发兵攻打,一定能大获全胜!"阿骨打听了十分高兴,决定在当月十五日选任扫南大元帅,准备进犯宋朝。

十五日这天,阿骨打命人将一座一千多斤的铁龙放置在演武厅前,下令说只要有人能举起这个铁龙,就封他为昌平王、扫南大元帅。旨意一下,那些王子、将军、士兵纷纷上来试举,却好像蜻蜓撼石柱,使出浑身的力气那铁龙还是纹丝不动。只见一拨拨的人上来，又一拨拨满面羞愧地退了下去。阿骨打叹息道："我国人才济济，竟没有一人能举起这千斤重的东西吗？"阿骨打正在烦恼的时候，身边忽然闪出一个虎背熊腰的红脸大汉，却是阿骨打的第四个儿子，名叫兀术。

这兀术走上前去，调息运气，然后左手撩起衣服，右手把那铁龙的前脚往上一提，就举了起来。文武百官齐声喝彩，道："四殿下真是天神！"兀术又将铁龙连举了三次才扔下。阿骨打非常高兴，当即封他为昌平王、扫南大元帅，总领各路兵马。不久，兀术就率领着五十万兵马，启程向中原进发。

兀术率领大军在路上走了一个多月，才到了宋境第一关潞安州。潞安州节度使名叫陆登，人称小诸葛。陆登麾下只有五千兵马，他听说金兵大举来犯，赶紧写了告急奏章，连夜派人送往汴梁，请朝廷援兵救应；又写了两道文书分送两狼关总兵韩世忠、河间府太守张叔夜处，请他们发兵前来相助。陆登派人把城外的百姓全部搬进城内居住，又亲自布防，昼夜巡查，严防死守。

兀术命令大军在城外安营扎寨，然后问军师哈迷蚩："这潞安州是什么人把守？"哈迷蚩回答道："这里的节度使是陆登，绰号小诸葛，善于用兵。"兀术听了想去会会，就带了五千人马到城下叫战。陆登提枪上马，吩咐将士开了城门，放下吊桥，单枪匹马去会兀术。

兀术见陆登豪气逼人，叫道："陆将军，我早就听闻你是条好汉！你若愿意归降，我就封你做个王爷。否则，别怪我踏平你这小小的城池，到时候玉石俱焚，你后悔可就来不及了！"陆登大怒，喝道："休要胡说！"一枪往兀术刺来，兀术举起金雀斧掀开枪，回斧就砍。两人战了五六个回合，陆登招架不住，带转马头往回奔。兀术从后面赶来，陆登大叫："城上放炮！"兀术一听，吓得回转马头就跑。城内放下吊桥，接应陆登进了城。

过了一夜，兀术又到城下来叫战，陆登与兀术大战了一场，知道他的厉害，叫人在城上挂起"免战牌"，不管金兵怎么叫骂，就是不出战。过了半个多月，潞安州守得如同铁桶一般，金兵几次发起进攻，都被守城将士们打退了。兀术无计可施，心急如焚。这天，兀术又带一千多人，悄悄来到水关。哪知水关也被网拦着，网上到处是铜铃，一碰就响。守城官兵听见铜铃响忙用挠钩收网，却被兀术用刀割断，跳上岸来，杀死守门的宋军，打开了城门，外边的金兵一拥而入。宋军寡不敌众，潞安州失守，陆登夫妇自杀殉国。

兀术占据了潞安州，又率领大军来夺取两狼关。汴梁节度使孙浩率五万大军前来救援，杀进金军大营。金兵人多势众，宋军如羊入虎口，两狼关总兵韩世忠只好带兵前去接应孙浩。兀术派重兵拖住韩世忠，自己趁机率军奔袭两狼关。留守的韩世忠夫人梁红玉带了人马，出关迎战。兀术见梁夫人临危不惧，风采照人，就劝降了一番，却被梁红玉一口啐了回去。梁红玉指挥宋军抵挡了一阵，终究招架不住，只好率兵逃走。两狼关失守，韩世忠决定进京请罪。

金兵破了两狼关，又杀向河间府。河间府节度使张叔夜听说潞安州和两狼关都已失守，知道自己也守不住，就打开城门投降。金兵过了河间府，来到黄河口，在那里扎下营寨。

金兵进逼黄河对岸的消息传到京城，宋钦宗赵桓吓得慌了手脚，急忙拜李纲为平北大元帅，宗泽为先锋，领兵五万赶往黄河退敌。李纲率军来到黄河口，安下营寨，又派兵把守沿河一带。

　　兀术的大军驻扎在黄河的对岸，搭起厂篷，打造船只，准备渡河。李纲探听到这一消息，派人到河对岸，悄悄潜入金营，一把火烧了金兵的造船厂。金人没了船只，正愁没法过河，不料猛然刮起大风来，天气变得十分寒冷。再加上连日阴云密布，细雨纷纷，把黄河整个冰冻了。兀术大喜过望，带领金兵踏冰渡河。宋军见金兵来势汹汹，吓得丢盔弃甲，四散奔逃。李纲和宗泽见大军溃败，也只得弃营而逃，回京城请罪。两人还没回到京城，朝廷就降旨将他们削职为民。

第九章　奸臣卖国献二帝

　　兀术率领大军过了黄河,一路来到汴梁城外,在离城二十里的地方安下营寨。钦宗慌忙召集文武百官商议对策,百官中有的主张背水一战,有的主张死守待援。奸臣张邦昌知道钦宗胆小怕事,就建议准备厚礼求和。张邦昌的建议最合钦宗心意,于是钦宗当即命人准备美女歌童、金银缎匹,由张邦昌带去见兀术。

　　张邦昌见了兀术,献上礼单。兀术道:"张邦昌,我封你做楚王,你可愿意归顺?"张邦昌连连点头,忙不迭地叩头谢恩。兀术又说:"爱卿,你如今是大金的臣子了,可有什么计策,能助我夺得宋朝天下?"张邦昌回答道:"您要得到宋室天下,必须先绝了他的后代,方能到手。"兀术一喜,问道:"如何绝了他后代?"张邦昌道:"您可以向钦宗提出,要一个亲王做人质方肯退兵。我回去再晓以利害,不怕他不把亲王交出来。"兀术于是派左丞相哈迷刚、右丞相哈迷强,和张邦昌一同去见钦宗。

　　张邦昌回朝对钦宗说了兀术的条件,钦宗一时犹豫不决。他来到后宫向徽宗哭诉道:"金人要一个亲王作为人质,才肯退兵。"徽宗听了,流下泪来,但也没有其他的办法,只得忍痛割爱,叫来十五岁的赵王。赵王是个孝子,见父亲为难,就答应去做人质。临别前,赵王对着汴京放声大哭,然后才和护送他的新科状元秦桧一起来到金营。兀术叫人把赵王请进来,当差的金兵以为是叫他把赵王拿进来,凶神恶煞地走过去,一把将赵王拉下马,拖了就走。秦桧忙在后面喊:"不要把我们殿下惊坏了!"谁知拖到殿上一看,赵王早就被吓死了!

　　兀术叫秦桧将赵王掩埋了,又去向张邦昌讨计。张邦昌道:"如今朝内还有一个九殿下康王赵构,待我再去要来。"张邦昌回到朝廷,见了徽宗,假意哭道:"赵王不小心摔下马,死在了金营。现在兀术仍要一个亲王做人质,才肯退兵。如果不答应,就要杀进宫来。"徽宗听了非常难过,但为了苟且偷安,只得将康王赵构召来。康王无奈,只得答应去金营做人质。徽宗、钦宗又派了吏部侍郎李若水,护送康王到金营去。

　　那张邦昌先来到金营,对兀术奏道:"现在康王赵构也被臣要来了,朝中再没有别的亲王了。"兀术一听,怕这位亲王又被吓死,连忙派了军师哈迷蚩去迎接。李若水暗暗嘱咐康王,要随机应变,不能折了锐气,康王点头答应。

　　兀术见康王是个十五六岁的英俊小生,不觉大喜道:"好个相貌!殿下如果肯拜我为父,待我取了宋室江山,还让你做皇帝如何?"康王听了,便勉强拜他为父。兀术十分高兴,另拨了帐房给康王居住,同来的李若水也留在营帐前听令。

第二天，兀术又问张邦昌下一步计策。张邦昌道："我既然是您的臣子，怎会不尽心尽力？接下来，我还有一计，可以将徽宗、钦宗两位皇帝送给您。"兀术听了大喜，同意依计而行。

于是，张邦昌回到汴京，对徽、钦二帝道："兀术君臣说，康王毕竟只是个亲王，最好将五代先王牌位也送去。我想，这牌位又不能退敌，先放在他们那里也行，等各路勤王兵马到了再去迎回来。"徽、钦二帝听了，一齐到太庙痛哭了一场，捧出五代祖先牌位来，要交给张邦昌。张邦昌这时又提出，让二帝亲自将牌位送出城。两位皇帝出了城门，刚走过吊桥，就被一拥而上的金兵抓住，捆回了金营。

随后，金军攻陷了汴京，他们在城内烧杀抢掠，又将张邦昌立为皇

帝,国号大楚。兀术把二帝关进囚车,又抓了皇族、后妃、朝臣等三千余人,一同押回金国。徽、钦二帝做了俘虏受尽凌辱,不仅被阿骨打封为"昏德公""重昏侯",还被监禁在五国城一口土井里,每天坐井观天。

第十章　脱金营高宗登基

当时金营里有一位汉人叫崔孝，曾做过雁门关的总兵，后来流落到金国，已经十八年了。崔孝善于医马，经常在金营里四处走动，和金兵们混得很熟。他听说徽、钦二帝被监禁在五国城里，就取了两件老羊皮袄，拿了几十斤牛羊脯，又带了几根牛皮条，来到五国城。

崔孝进了五国城，一边走一边找，因为拘禁犯人的土井很多，他从早上找到中午也没找着。崔孝渐渐觉得腰酸腿疼，就蹲在一个井边休息，忽然听到有人喊"王儿"，又有人答"王儿在此"。崔孝心想，井下定是二帝了，便高声叫道："万岁，臣是代州雁门关总兵崔孝。臣没有其他东西可以孝敬，献上这些牛羊脯和两件皮袄，愿主上龙体康健！"然后，他用皮条把衣服和食物绑了，送下井去。崔孝从二帝口中得知，康王赵构在金营做人质，就建议二帝写下诏书，命康王逃回中原即位为帝，然后发兵来救二帝回国。二帝于是扯下了一块白衫，咬破指尖写了一封血书，绑在皮条上。

崔孝将血书吊上来，藏在夹衣内，哭着离开了五国城，然后四处打听康王的消息。

转眼到了来年春天，兀术再次带领五十万人马杀奔中原，这次崔孝也随军出征。兀术大军一路走走停停，到达黄河边上时已是六月中旬。兀术见天气炎热，下令在沿河一带安下营寨，等天气稍凉后再渡河。不知不觉到了七月十五，兀术命人搭起一个芦篷，摆了些猪羊鱼鸭之类，准备祭祖。只见兀术骑着匹火龙驹，后面跟着一个头戴紫金冠，穿着大红回龙夹纱战袍的王子，骑着一匹红缨马朝芦篷走来。崔孝跟在人群后面，经过打听知道那王子就是康王。这时，康王的坐骑突然打了个跟跄，差点将他摔下马来,飞鱼袋里的雕弓也掉到了地上。崔孝连忙上前帮康王拾起雕弓,双手递上,道:"殿下收好了。"兀术听出崔孝是中原口音,又见他在金国待了十九年,便命他专门服侍康王。

祭完祖后,众人回到营中摆筵喝酒,康王也坐在众王子中间。他想起自己国破家亡,祖先无人祭祀,心中十分难受,就借口身体不舒服,回到营房休息。崔孝紧跟其后进了营房,他支开康王身边的金兵,从夹衣内拆出徽、钦二帝的血诏,呈给康王。康王接在手中,看了又看,不禁泪如泉涌。突然,外面金兵来报兀术来了,康王赶紧收好血诏,出营相接。

兀术刚到营房外,就见对面帐篷顶上停着一只怪鸟,朝他发出一阵怪叫。兀术问道:"这是什么鸟?"康王故意回答说:"这是种不祥的怪鸟,它正在辱骂父王呢。"兀术听了大怒,要射它下来。康王道:"让儿臣来吧!"他拈弓搭箭,一箭射去,那鸟张开翅膀飞走了。崔孝赶忙把康王的马牵过来,叫道:"殿下,快上马去追!"这康王正想逃出金营,就跳上马,飞一般地追着这鸟而去,一口气跑出了几十里。兀术见康王久久没有回来,便跳上马去追。

不一会儿工夫,兀术就从后面赶了上来,边追边喊:"王儿,快往回走!"康王听见了,吓得魂不附体,只管往前奔,奋力跑到夹江边上,举目一望,只见江水茫茫,前无道路,后有追兵。康王急得上天无路,入地无门,大叫一声:"天丧我也!"这一声叫喊,吓得那马两蹄一举,背着康王就往江心一跳。兀术远远看见,大叫:"不好!"赶到江边一看,早不见了康王的影子,只好转身往回走。

原来那马天生神力,腾空跃起,便将康王驮过了夹江。夹江由磁州丰丘县管辖,知县名叫都宽。都宽将康王迎到衙内,并派人通知各路兵马前来保驾。此后,康王启程前往南京应天府即位,史称高宗,改元建炎。高宗大赦天下,召集四方勤王兵马。数日之内,赵鼎、田思中、李纲、宗泽等各路节度使、总兵、大臣都来护驾。宗泽又向高宗保举了岳飞。高宗早就听说过岳飞枪挑小梁王的事,欣赏他文武双全,当即下诏召他来共同抗金。

第十一章　守忠义岳母刺字

　　再说岳飞五兄弟那天杀出校场后，一路往汤阴逃去。路上听闻太行山的强盗杀至京城外，宗泽奉命剿匪，兄弟几人前去助阵，大获全胜。宗泽带他们去领赏，不想张邦昌从中作梗，岳飞只封了个"承信郎"的小官。宗泽怕奸臣陷害他们，就让他们先回了汤阴，等时机成熟再向朝廷举荐。

　　岳飞自从枪挑了小梁王，名声大振。同科武生施全、赵云、周青、梁兴、吉青仰慕岳飞的本领，追随而来。于是众人义结金兰，同回汤阴。回乡之初，众兄弟终日修文演武，日子过得还算快活。不料那年汤阴县瘟疫流行，王员外夫妇、汤员外夫妇相继离世。又遇到旱荒，米价飞涨，牛皋、王贵、张显等一伙兄弟，仗着有些武艺，不免做些不法的事。牛母戒饬不住，一口气气死了。岳飞这年已经二十三岁，妻子李氏为他生养了几个子女，长子岳云已经七岁。岳飞苦守清贫，岳母和李氏勤俭持家，一家老小倒也过得平安。

这天，岳飞正想去武场练枪，见王贵、牛皋等人走来，就劝他们不要再取不义之财，众兄弟不听，岳飞一气之下，用枪在地上划了一条线，道："为兄今天与你们划地断义，以后各自珍重吧。"王贵等无奈，各自上马走了。

岳飞十分难过，也无心练枪，回到房中闷坐，忽然听到叩门声。岳飞打开门，见门外站了个陌生人，看到岳飞倒头便拜道："小弟于工，湖广人氏，今年二十二岁。久慕岳兄大名，特来投奔，想学些武艺。若兄长不嫌弃，愿结为兄弟，留在岳家庄，朝夕讨教。"岳飞见他是条好汉，就和他结成了兄弟。结拜完，于工取出二百两白银交给岳飞，岳飞推辞不过，拿进去交给母亲。于工又取出十个马蹄金、几十粒大珍珠、一件猩红战袍、一条羊脂玉玲珑带，然后从胸前取出一封信，叫岳飞接旨。

岳飞大惑不解，问道："贤弟，这圣旨从何而来？"那人说出实情："不瞒大哥，小弟并非于工，是洞庭湖义军领袖杨幺的军师王佐。现在徽、钦二帝被俘，天下无主，我主公应天顺人，有志收复中原，安定百姓。听闻大哥文武全才，特派小弟来请大哥，同往洞庭湖襄助大业，共享富贵。"岳飞听了，大吃一惊道："贤弟，不用再说了。我岳飞生是宋朝人，死是宋朝鬼。你纵然有陆贾、萧何的口才，也难改我的赤胆忠心！"王佐见岳飞心志坚定，只得把礼物收好，拜别岳飞，悄悄出了门。

岳飞送走了王佐，来到母亲房中，将王佐招降一事说了。岳母听了沉思了半晌，吩咐岳飞去拜过天地祖宗，然后叫岳飞跪下，让媳妇李氏磨墨。岳飞跪着道："母亲有何吩咐？"岳母道："你能够不受叛贼的诱惑，甘守清贫，不贪浊富，娘很是欣慰。但恐怕娘死之后，又有些不肖之徒来勾引你，若你一时失了志气，做出不忠不孝的事来，岂不是把半世英名毁于一旦？今天，娘祝告天地祖宗，要在你背上刺下'精忠报国'四个字，愿你做个忠臣,尽忠报国,流芳百世!"

　　岳飞听了,含着泪脱下上衣,道:"母亲说得有理,请母亲给孩儿刺字!"岳母取过笔在岳飞脊背上写下"精忠报国"四个字,然后拿起绣花针,在他背上一针一针地刺。每刺一下,岳飞就痛得一哆嗦。岳母流泪道:"我儿痛吗?"岳飞怕母亲难过,只回答不痛。岳母刺完字,又涂上醋墨,这字便永不褪色了。岳飞站起来,穿好衣服,叩谢了母亲的训诫之恩,这才回房安歇。

第十二章　八盘山小胜金兵

　　第二天,汤阴知县徐仁捧着真圣旨来到岳飞家,将康王赵构在南京称帝,正召集人马对抗金军,传旨要岳飞到朝廷为国效力的事说了。岳飞欣喜异常,连忙跪下接旨。终于等到了杀敌报国的这一天,岳飞的内心激动万分。他匆匆辞别了母亲妻儿,怀抱满腔的报国热情,直奔京城而去。

　　岳飞和徐仁一同进了京城,就到午门外候旨。高宗宣召岳飞上殿,见他身材魁梧,相貌堂堂,十分欢喜,就封他为总制,到张所大元帅营前效命。张所见了岳飞,也十分喜欢,当即让他去校场挑选人马。岳飞奉命挑选了八百名精壮兵士,张所就让他率这八百人作第一队先行,又指派山东节度使刘豫带领本部兵马,作第二队接应,刘豫硬着头皮答应了。

　　第二天,岳飞跟随张所入朝辞驾,恰好巡城指挥来报,说有强盗聚集在仪凤门,指名要岳飞出阵,高宗忙命岳飞前去擒贼。岳飞领旨,带着他的八百名将士来到仪凤门。只见一群人拿着锄头、铁耙、木棍等,乱哄哄地闹成一团。阵前一个青面獠牙的凶恶大汉，手舞狼牙棒，身骑青鬃马。岳飞定睛一看，却是自己的结拜兄弟吉青。原来吉青听说岳飞被高宗召到京城，特来投奔。岳飞叫军士把吉青绑了，一起去见高宗。吉青见了高宗，大声叫嚷自己是岳飞的义弟，是为国效力而来的。高宗见他也是一条好汉，心想国家正在用人之际，不如让他立功赎罪，就封吉青为副都统，在岳飞营前效力。

再说那金兀术得知赵构在南京称帝，拜张所为天下大元帅聚兵抗金的消息，勃然大怒，派元帅金牙忽、银牙忽各领五千精兵为先锋，又派哥哥粘罕、元帅铜先文郎领兵十万，往南京杀奔而来。

这天，岳飞率领八百精兵，到达了八盘山这个地方。岳飞见山势曲折险要，易守难攻，便吩咐部队在这里安营扎寨。这时探子来报，金兵的先锋部队已相距不远。岳飞命吉青去诱敌，嘱咐道："你只许败，不许胜！把

金兵引入山中,我在这里接应你。"岳飞自己则率领将士准备强弓硬弩,埋伏在山谷入口处。

吉青听令,带了五十个将士,前去诱敌。金牙忽、银牙忽见宋军只有几十人前来挑战,不禁哈哈大笑。吉青怒吼着冲进金营,抡起狼牙棒照金牙忽打去,金牙忽举起大斧招架。战不到三个回合,吉青便虚晃一棒,回马就跑。金牙忽、银牙忽不知是计,紧追不舍。吉青带领人马退入八盘山,金兵尾随其后刚刚进入谷口,两边埋伏的军士就一齐发箭,把金兵截成两段,首尾不能相顾。金牙忽见中了埋伏,正要转身逃走,忽听得一声大喝:"岳飞在此,哪里走!"只见岳飞摆动沥泉枪,纵马冲杀过来。这时宋军的呐喊声,雷鸣一般在山谷中回荡,听起来好似有千军万马。金牙忽心中一慌,手中的刀一松,被岳飞一枪刺中心窝,翻身落马。银牙忽看见吃了一惊,略一分神,被吉青一棒打碎了天灵盖。八百将士奋勇厮杀,金兵大败而逃。

这一仗,宋军杀金兵三千多人,夺取了不少旗鼓、马匹、兵器等物。岳飞命吉青把这些东西都解送到刘豫的营寨,转送大营去报功,自己率领人马继续追剿逃窜的金兵残部。刘豫见岳飞立了功,心想:"这岳飞好本事!首次出战就立此大功,一路上立功的机会还很多,这第一功不如先让我占了吧。"主意既定,刘豫命人写好文书送往大营请赏。

元帅张所见到刘豫的报功文书,心中疑惑先队岳飞没有战报,后队刘豫怎么会先有战功?倘若真有冒功领赏的事,岂不使英雄气短?以后还有谁愿为国出力?于是,张所让中军胡先扮成兽医,前往打探消息。胡先领命出营,一路来到青龙山。他爬上一棵大树,远远望去漫山遍野尽是金兵,密密麻麻有如蚂蚁一般,胡先不由倒吸了一口冷气,心想:"岳总制只有八百人马,这可怎么迎敌?"

第十三章　青龙山大破金军

却说岳飞率八百精兵追到青龙山下，见这儿比八盘山更为险要：左边山陡路狭，只有一条夹山道直通山后大路；右边是一个山洞水口，水势汹涌。岳飞心想："我就在这布下天罗地网，杀金兵们一个片甲不留！"他一边察看地形，一边命吉青火速去大营要来四百个口袋、二百杆挠钩、一百担火药，以及火箭火炮等物。

物资到位后，岳飞开始调兵遣将：他分拨了二百人马在山前，将枯草铺在地上，撒上火药，暗暗传下号令："以炮响为号，一齐发箭！"又分拨一百兵马在右边山洞水口，将口袋装满沙土做坝蓄水，只要将口袋扯起就可水淹金兵。又在夹山道上埋伏一百名兵士，负责堆积乱石，击打金兵。最后，岳飞吩咐吉青道："你率领二百人马，埋伏在山后，截住败逃的金兵。务必要擒住他们的主帅粘罕，如果放走了他，我必定送你到元帅处军法处置！"吉青领命而去。岳飞自己则带了二百名士兵，在山顶摇旗呐喊，专等金兵来到。

再说粘罕带领着十万大军，浩浩荡荡地向南京进发，路上遇到败退的金兵报告说："有个岳南蛮和一个吉南蛮，杀了两个元帅。五千兵马丢了一大半，伤者不计其数。"粘罕听了大怒，催促兵马快速前进，来到青龙山下。这时天色已晚，粘罕下令安营扎寨，准备第二天一早进兵。

岳飞在山上看见金军扎营休整，心想金兵远来疲乏，这时正是引入山中杀个措手不及的好时机。于是，岳飞叫士兵们守住山头，自己一个人拍马下山，直奔金营。他单枪匹马冲入金营，高叫："大宋岳飞来也！"那些金兵长途行军，本就疲惫不堪，见岳飞有如猛虎下山，一杆长枪逢人便挑，遇马便刺，如入无人之境，个个吓得魂飞魄散。粘罕大怒，上马提锤，率领众将士一齐拥上来，将岳飞团团围住。

岳飞根本不把他们放在眼里，越杀越勇，枪挑剑砍，杀得金兵尸堆满地，血流成河。岳飞见粘罕脸色由红变紫，由紫变青，知道已经激怒他了，心里一喜，便把沥泉枪一摆，喝道："进得来，出得去，才是好汉！"说罢，两腿把马一夹，返身杀出重围。粘罕怒火中烧，吼道："一个南蛮都拿不住，还怎么踏平中原？今天不把这山踏平了，难泄我心头之恨！"于是命令十万大军拔营，火速向青龙山进发。

金军刚到达山前，就听到一声炮响，两边埋伏的军士将火箭火炮射出来，落在枯草上，引爆了火药。霎那间，烈焰腾空，烟雾弥漫，烧得那些金兵睁不开眼，人撞马，马撞人，自相践踏，死伤无数。粘罕带着将士们从小路逃走，他见有条山涧，只有三尺来深，便催动人马渡溪。从大火里逃出来的金兵口干舌燥，争先恐后往涧边奔去，顷刻间就站满了溪涧。埋伏在山涧口的宋兵见了，立即搬开沙袋放水。只听一声巨响，犹如半空中一条天河塌陷，大水倒下来，人随水滚，马逐波流，冲得金兵魂飞胆丧，四散逃生。

粘罕大惊，勉强收了一些残兵，带着大将铜先文郎，拍马往谷口逃去，却见一座山峰挡住去路。粘罕慌不择路，急忙往左边一条夹山道上冲去。这时，埋伏在道上的宋军搬起石头往下砸，把那些残兵败将打得手折脚断、头开脑裂。金兵乱成一片，尸横满地。

铜先文郎保护着粘罕，拼命逃出夹山道，前面却是一条大路。这时已是五更时分，粘罕见四下空旷无人，不禁仰天大笑。铜先文郎正在诧异，粘罕道："那岳南蛮到底不会用兵，如果在此处埋伏一支人马，我们便插翅难飞了。"话没说完，只听见一声炮响，突然出现许多灯球火把，把四周照耀得如同白日。火光中，一员大将手舞狼牙棒，高声叫道："吉青在此，快快下马受死！"粘罕大惊失色，对铜先文郎道："岳南蛮果然厉害，没想到我今日要死在这里。"说完，流下泪来。

　　铜先文郎忠心护主，便想出一个金蝉脱壳之计，与粘罕互换了衣甲、战马及兵器。吉青在火光中看见铜先文郎的打扮，误认为是粘罕，举起狼牙棒就打。铜先文郎提锤招架，战不到几个回合，就被吉青活捉了。粘罕趁乱带着残兵杀出重围，夺路而逃。

　　铜先文郎被吉青押解着回到宋营，被岳飞一眼就识破了。吉青这才明白自己捉了假粘罕，忙向岳飞告罪。岳飞命他押解了铜先文郎以及缴获的兵器、马匹等，前往大营报功。

第十四章　邦昌奸计害忠良

　　却说吉青带着两百兵士前往大营,途经刘豫营前,请刘豫查点放行。刘豫心想金兵十分强悍,大宋一向无人能敌。这岳飞只用了八百兵丁,竟杀败金兵十万人马,还擒住了金兵元帅立下大功,就又起了冒功领赏的念头。他假意对吉青道:"吉将军,你们这次功劳真是不小! 但你去大营报功,来回要耽搁不少时日。若金兵再来,恐怕无人抵挡。报功的事,我差人去就行了。你带些猪羊牛酒,先回去犒赏三军吧。"吉青不知就里,便谢了刘豫,带着犒赏品回去了。

　　吉青走后,刘豫吩咐旗牌官将冒功文书送往大营,但中军张所早已从胡先口中得知真实情况。张所见刘豫再次冒功,拍案大怒,对部将们说:"朝廷正在用人之际,岂容奸将埋没贤才,以致赏罚不明? 刘豫两次冒功领赏,本帅想拿他斩首示众,哪位愿去?"这时胡先上前禀道:"元帅若去拿他,恐有变故。不如派人去传他来大营,只说来议事,以免打草惊蛇。"张

◎在那百鸟鸣啭中，却有一只金翅的大鹏鸟，自青翠的群山山坳中飞出，飞到一个简陋却异常整洁的农家院落的上空，盘旋不去。（《岳飞出世遇洪水》）

◎由于家贫买不起笔墨纸砚，岳飞想出了一个省钱的好法子，他用杨柳枝做的笔在河沙上写字，字写满了就将字迹抹平，再重复使用。（《认义父刻苦学艺》）

◎岳飞就势抓住马鬃，跳上马背。那马性子极烈，一个劲儿地踢腾奔跃，但岳飞紧紧抓住缰绳不放，把那马治得服服帖帖的。（《内黄县武考显威》）

◎岳飞忍无可忍，叫道："柴桂，你好不知轻重！"说完，他举枪刺向柴桂心窝。（《比武枪挑小梁王》）

◎这兀术走上前去，调息运气，然后左手撩起衣服，右手把那铁龙的前脚往上一提，就举了起来。（《金兀术兴兵来犯》）

◎原来那马天生神力，腾空跃起，便将康王驮过了夹江。（《脱金营高宗登基》）

◎岳母取过笔在岳飞脊背上写下"精忠报国"四个字，然后拿起绣花针，在他背上一针一针地刺。（《守忠义岳母刺字》）

◎他单枪匹马冲入金营，高叫："大宋岳飞来也！"（《青龙山大破金军》）

◎阮良把身子往上一起跳上船，又往下一坠，那船就翻了个底朝天，兀术掉入河中。（《兀术败走爱华山》）

◎何元庆跪下道："蒙元帅两次不杀之恩，我心悦诚服，愿意投降！"（《栖梧山元庆归降》）

◎一天，岳云偶然得到一本唐代传下来的锤法书，十分精妙，就叫人打了一对八十二斤重的大锤，日夜勤学苦练，练就了一身好本领。(《金兵突袭岳家庄》)

◎正在危急时刻，张宪拍马上来，一枪往兀术面上刺去。（《岳云寻父建首功》）

◎不料岳飞猛然回转马来，右手持枪便刺，杨再兴忙举枪架住，不提防岳飞左手取出银锏在他背上轻轻一捺。杨再兴措手不及，跌下马来。（《岳飞义服杨再兴》）

◎一众金兵金将万矢齐发，利箭就像大雨一般射去。可怜杨再兴连人带马，被射得如同刺猬一般。（《小商河再兴捐躯》）

◎王佐咬着牙关，拿药来敷了。然后独自一人悄悄来到岳飞的后营。（《王佐断臂假降金》）

◎岳爷心中明了，如今朝廷有心议和，召回自己等于将已经收复的国土拱手让给金人，不由悲愤大叫："十年之力，毁于一旦！"（《十二金牌召岳飞》）

所点头称是,命胡先去请刘豫来大营。

两淮节度使曹荣是刘豫的儿女亲家,他听说张所要捉拿刘豫,便悄悄派了心腹去给刘豫报信。刘豫得到消息,大惊失色。他想了一会儿,走到后营将铜先文郎放出,请到大营坐下,对他说宋朝气数已尽,自己早有降金打算。铜先文郎见刘豫愿意放了自己,立即承诺会在金主面前保举他。二人一拍即合,立刻带了几名亲随家将抄小路向金营逃去。

张所得知刘豫投敌卖国,勃然大怒,命各节度使坚守黄河,自己带着兵马直奔汴梁。张邦昌听说张所率领大军来取汴梁,非常恐慌。他进宫去见太后,骗取了传国玉玺,连夜逃出汴梁,到建康去投奔高宗了。张所领兵到了汴梁,守城兵士打开城门,百姓们都夹道欢迎。

张邦昌逃到建康,向高宗献上了传国玉玺。高宗念他献玺有功,就封他做了右丞相。为了骗得高宗信任,张邦昌极尽谄媚地讨好高宗。他家中有一个侍女荷香颇有姿色,张邦昌就把她认作干女儿,装扮了一番送进宫去迷惑高宗。赵构一见荷香,果然喜欢。张邦昌奏请提升岳飞为元帅,赵构一时高兴,就应允了,派他发诏去召岳飞。张邦昌将圣旨放在家中,过了几天向高宗回奏道:"将在外,君命有所不受。岳飞恐怕金兵来犯,不肯应诏前来。"高宗也不在意,道:"不来也罢了。"

过了没多久,张邦昌私自拟了一道假诏书,派人去黄河口召岳飞来建康见驾。岳飞一接到诏书,立刻将军中事务交代给吉青,带着太师李纲送给自己的家丁张保以及路上来投奔自己的王横,马不停蹄地赶往建康。岳飞到了京城,刚进城门就遇见了张邦昌。张邦昌拉住岳飞,对他说:"将军,你我共同为国效力,莫要再记着当年武场上的不愉快了。皇上对将军很是挂念,快随我进宫见驾吧。"岳飞只得跟着张邦昌进了宫门。到了分宫楼前,张邦昌对岳飞说:"将军在此等候,我去上奏天子。"岳飞不知是计,一个人留在了分宫楼前。

张邦昌出了分宫楼,通知同党太监和荷香设局。此时,荷香正陪着高宗饮酒作乐,故意撒娇要去分宫楼赏月。赵构已有几分醉意,就吩咐摆驾去分宫楼。岳飞在分宫楼前等了许久,忽见远处来了一排宫灯,他定睛一看,果然是高宗来了,忙上前跪倒在地,道:"岳飞接驾。"内监却突然喊道:"有刺客!"两边太监上前把岳飞捉住。赵构吓得大惊失色,拉了荷香急急回宫。回到宫中,高宗惊魂未定,问左右的太监:"什么人这样胆大包天,敢来行刺于朕?"太监们早已被张邦昌买通,就回答道:"行刺的是岳飞!"荷香趁机煽风点火:"这岳飞之前召他进京,他违旨不来。现在又胆大妄

为地潜入宫中,意图行刺。求皇上将他斩了,以正国法。"高宗此时还在醉乡,听了荷香的话,就传旨将岳飞斩首。侍卫们领旨,将岳飞绑出午门。

张保、王横见此情形,忙问岳飞:"岳爷,这是怎么回事?"岳飞一头雾水,说:"我也不知道!"张保见事情紧急,叫王横守住岳飞,不许侍卫们动手,自己提了铁棍闯出栅门,一阵风似地跑到李纲的太师府中,也顾不及叫门,一棍子就打了进去。张保在太师府出入惯了,认得路径,知道李纲在书房安歇,他一脚把书房门踢开,走进里边,揭开帐子,扯起太师,背了就走,口中叫道:"不好了!岳飞爷爷绑在午门了!"

李纲被张保背着飞跑,颠得头昏眼晕,直到午门才被放下。李纲一见岳飞被绑着跪在地上,忙高声问道:"你几时来的?"岳飞将事情细细说了,求李纲替他做主,洗刷冤情。李纲听了,便叫侍卫刀下留人,自己带着张保赶往东华门,去高宗面前为岳飞鸣冤。哪晓得张邦昌收到消息,暗暗叫人在东华门放了一块钉板。李纲急匆匆来到东华门,一脚跨进,正踩在钉板上,痛得大叫一声,倒在地上,浑身鲜血淋漓。张保见了忙去鸣钟击鼓,大叫:"太师爷滚钉板了!"东华门外许多大臣听见了,忙上前来救。

值夜的内监见状,急忙进宫通报高宗:"众大臣齐集东华门。李太师滚钉板了,命在旦夕!"荷香劝道:"更深夜黑,皇上明早上殿也不迟啊。"高宗此时酒醒了大半,知道事态严重,立即升殿。高宗见李纲满身是血,传令宣太医调治。李纲伏在殿前奏道:"岳飞是武官,臣听说他私自入京,行刺皇上,此事必定有主使,应下狱严审。恳请陛下等臣病好,查明此事,再行问罪。"高宗准奏,传旨将岳飞下狱。众大臣护送李纲回府,张保、王横也牵马跟着,一起回了太师府。

第十五章　太行兄弟闹京城

李纲回府后,写了一张冤单,说明张邦昌陷害岳飞的经过,暗暗叫人刻成印版,印了几千张,叫张保和王横两人分头去贴。一时大街小巷贴满了张邦昌陷害岳飞的冤单,全城的老百姓口耳相传,人人唾骂奸臣张邦昌。

这消息一传十,十传百,一直传到了太行山。岳飞的结拜兄弟牛皋落草为寇,在这太行山中当山大王。这天正好是牛皋的生日,施全、周青、王贵、张显、汤怀等七人都备了礼来祝寿。山寨里请了个戏班,戏子们谈论张邦昌陷害岳飞的事,恰巧被牛皋听到。他气得暴跳如雷,立即披挂整齐,率领八万兵马,杀奔京城。

太行山的八万人马一路无人拦阻,直达建康,在离凤台门五里的地方安下营寨。凤台门的守城官见了,慌忙奏报高宗。高宗听了大惊,问道:"谁愿意去退贼兵?"后军都督张俊主动请缨,带了三千人马出城,摆开阵势。

牛皋等八人走马上前，对张俊说道："我们不是反贼，你把我们岳大哥送出来，便饶你性命。如若不然，我们就打破建康，鸡犬不留，杀个干干净净！"张俊并不把这些人放在眼里，轻蔑地说："怪不得岳飞要反，原来是勾结了你们这班强盗。我今天奉皇上的圣旨，特来捉拿你们这班狗贼！"众人见他血口喷人，气得怒火冲天。牛皋大叫一声，舞动双锏，照头就打，张俊抢刀相架。那张俊哪里是牛皋的对手，战了不到三四个回合，就转马败走了。汤怀叫住正要追的牛皋，道："让他去罢，我们追得急了，怕他回去害了岳大哥的性命。"牛皋听了掉转马头，命众人回营安歇。

张俊回到午门下马，上殿向高宗奏道："那些强盗都是岳飞的朋友，臣请先斩了岳飞，以绝后患。"高宗犹豫不决，李纲奏道："就让岳飞去退了贼兵，再把他定罪也不迟。"张邦昌怕奸计败露，忙奏道："张都督说这伙强盗是岳飞的朋友，派岳飞去退贼，岂不正中了他们的奸计？"李纲、宗泽一同奏道："臣等愿保举岳飞，如有差错，将臣满门斩首！"高宗准奏，岳飞领旨正要出去退敌，李纲喝道："岳飞，皇上爱惜你的才能，命你守卫黄河。你怎敢擅自进京，行刺皇上！这是诛九族的大罪，你可有什么话讲？"

岳飞回答道："罪将是奉旨进宫，圣旨现在就供在营中。罪将到京时，在城外遇见张丞相，就一起前往午门。张丞相进去奏报皇上，叫罪将在分宫楼下候旨。罪将等了许久，也不见张丞相出来。正好圣驾降临，罪将自然跪迎，绝非谋刺，求皇上明鉴！"为查明真相，高宗当即传当日的值殿官吴明、方茂对质。吴明道："那晚有一个内监手执灯笼，上面写着'右丞相张'，还看见张丞相引着一个人进了宫。只因丞相时常进宫，向来无所禁忌，所以才没有禀报皇上。"高宗这才明白真相，大怒之下，命人将张邦昌绑了斩首。李纲奏道："姑且念他献玉玺有功，免死为民。"高宗准奏，降旨限张邦昌四个时辰内滚出京城。张邦昌大难不死，急忙回家收拾东西出京。

黜退了张邦昌，高宗命岳飞领兵一千，出城退贼。岳飞披挂上马，带着一千人马，出城过了吊桥。汤怀、牛皋等看见，齐声叫道："岳大哥来了！"纷纷下马问候："大哥一向可好？"岳飞怒道："谁是你们大哥！我奉圣旨来拿你们问罪！"众人道："不劳大哥，我们自己绑了，但凭大哥发落！"说着不等军士们动手，众人将自己绑好，又让手下的人马都放下武器，扎营在城外。

早有探军报知高宗："岳飞一出城，那班人不战自降。"不一会儿，岳飞押解着牛皋等到了午门，高宗传旨将牛皋等带上殿来，亲自审问。八人跪在殿下，汤怀奏道："我等并不是反贼！只因和岳飞枪挑小梁王，在武场没

有得到功名,回家又遇到饥荒,难以度日,只好做了强盗。前日又听说奸臣张邦昌陷害忠良,所以兴兵来救。现在岳飞的冤屈既然已经洗清,我等愿被斩首,以全大义!"高宗听了,感动得流下泪来,传旨松绑,封岳飞为副元帅,牛皋等为副总制,所带的人马也尽数收用。众人谢恩退下。第二天,岳飞就率领着十万大军,浩浩荡荡,开往黄河迎战金兵。

第十六章　兀术败走爱华山

再说金国四太子兀术，领兵三十万直奔黄河。刘豫降金后，趁着张所、岳飞不在，暗中策反了他的儿女亲家两淮节度使曹荣。兀术不费一兵一卒，就占据了黄河口。岳飞领着十万兵马刚到达爱华山，就得知黄河失守。他见爱华山四围山势十分适合埋伏兵马，就命吉青去引兀术前来。

吉青领命，独自出营上马，去引兀术。他还没到金营，就听前面马嘶人喊，定睛一看却是兀术正带着人马走来。吉青心中一喜，赶上前去，大叫："兀术，快拿头来！"兀术听了大怒，抢斧就砍。吉青使棒相迎。二马相交，战了没几个回合，吉青就假意败走。兀术追赶了二十余里，忽然勒住马不追了。吉青见他不追，又转回马来叫道："你这毛贼，为何不追？"兀术回答道："你这个狗蛮子，不是我的对手，追你做什么？"吉青道："我确实不是你的对手！我前面埋伏着人马，要捉你这毛贼，量你也不敢来！"兀术听了大怒，道："你不说有埋伏，我倒想饶了你；现在你说有埋伏，我偏要拿住你!"说完,兀术就把马一拍,呼啦啦追赶上去。

兀术追进谷口,只见四面都被小山围住没有退路,心想不妙,正要转马回去,却听得一声炮响,四面都是呐喊声,一杆杆旗帜一齐竖起,犹如一片刀山剑岭。那十万八百名宋兵团团围住爱华山,大叫:"休要走了兀术!"吓得兀术魂不附体! 又见一面帅旗飘荡,岳飞头戴银盔,身披银甲,手拿沥泉枪,骑着白龙马威风凛凛地站到阵前。兀术硬着胆问道:"你这南蛮姓啥名谁? 快报上来!"岳飞道:"我是大宋兵马副元帅岳飞! 今天你既然到了这里,就快快下马投降,不要劳烦本帅动手。"兀术道:"原来你就是岳飞,我正要找你报仇! 闲话少说,看斧!"说罢拍马摇斧直奔岳飞,岳飞挺枪迎战。两个枪来斧挡,斧去枪迎,杀作一团。

　　岳飞与兀术大战了七八十个回合，兀术招架不住，被岳飞钩开斧，拔出腰间银铜，一铜打中兀术肩膀。兀术大叫一声，掉转火龙驹，往谷口败退，一路逃下山去了。岳飞下令乘胜追击，十万大军蜂拥着杀入金兵阵内，直杀得天昏地暗，尸横遍野。

　　金兵败退了二三十里，到了麒麟山、狮子山地面。麒麟山上有一位大王，叫作张国祥，聚集了三四千人马；狮子山上也有一位大王，叫作董芳，也聚集了三四千人马。金兵败到两山交界，那张国祥使着一条棍，董芳使着两杆枪，摆开阵势杀了出来，杀得那些金兵金将死伤无数，四散逃生。不一会儿，岳飞率领大军来到。张国祥、董芳见了岳飞旗号，忙跳下马来，跪在马前道："我们弟兄两个是绿林好汉，见金兵败退，就在这里截杀。我们两个愿投在元帅麾下，望元帅收留！"岳飞听了大喜，让二人各自上山收拾人马粮草，到军中会合。

　　再说兀术狼狈逃脱了张国祥、董芳的截杀，一路逃到黄河边，见河上无船可渡，后面岳飞率领大军呐喊追来，心想："这回真要没命了！"正在此时，忽见芦苇丛里一只小船摇了出来，船上一个渔翁独自摇着橹。兀术急忙叫渔翁快来渡他过河。兀术上了船，催促渔翁速速离岸。不一会儿，船到了黄河中心，这渔翁道："你也是个呆子！大军杀来，谁会不去躲藏，反等在这里救你？小爷我是梁山好汉的后人阮良，现在新皇登位，我要拿你去做个进见的礼物。不如你自己把衣甲脱了，给小爷我省点力气。"兀术听了大怒，提起金雀斧，往阮良头上砍去。阮良见了一个筋斗"扑通"跳下水去，船就在水面上滴溜溜地转。那兀术只会骑马，不识水性，又不会摇橹，正不知所措。阮良把身子往上一起跳上船，又往下一坠，那船就翻了个底朝天。兀术掉入河中，被阮良连人带斧两手抱住，往南岸游水而去。

不想那兀术怒气冲天,对着阮良大吼一声。阮良一惊,兀术趁机挣脱,被找到船只赶来的金兵救上了岸。阮良虽然没有抓到兀术,但岳飞见他一表人才,也将他收在麾下。

第十七章　藕塘关牛皋醉酒

　　却说兀术在爱华山大败，险些丢了性命，只得带着残部仓皇北归，重整兵马。岳飞奉命去太湖剿匪，收服了大将余化龙、杨虎，实力大增。这天，岳飞与余化龙等正在营中议事，探马来报，兀术又派元帅斩着摩利之带着十万兵马，攻打藕塘关；金国驸马张从龙带领五万兵马，攻打氾水关。岳飞听说金兵来抢藕塘关和氾水关，忙命牛皋带领五千人马，作为前队先锋，连夜去救氾水关；又派余化龙、杨虎带领五千人马，作为第二队救应。三人领命，朝氾水关进发。岳飞也点齐兵马，率大军前往氾水关。

　　牛皋到了氾水关，探马来报，说关口已被金兵抢占。牛皋心中焦急，下令立即抢关。牛皋亲自到关前大声叫战，三军齐声呐喊，声震千里。金将张从龙出关迎战，摆开阵势。两人互通了姓名，举起兵器厮杀起来。张从龙使两柄紫金锤，勇猛非凡。战了不到十二三个回合，牛皋招架不住，败下阵来。他掉转马头，下令放箭，众军士乱箭齐发，张从龙只得收兵回转。

牛皋吃了败仗，只得在路旁扎下营寨，独自喝起了闷酒。第二天，杨虎和余化龙也来到了关前，见牛皋吃了败仗心里不痛快，就悄悄商量一齐去抢关，将功劳送给他。余化龙、杨虎二人带领三军来到汜水关前，放炮呐喊。张从龙率领金兵开关迎敌。余化龙出马，挺枪便刺。张从龙举锤就打。枪来锤去，战了二十个回合，还是不分胜负。余化龙心想："怪不得牛皋败阵，这狗贼果然厉害！"于是虚晃一枪，诈败而逃。张从龙拍马追来。余化龙暗取金镖在手，扭回身子，"嗖"的一镖正中前心，张从龙翻身落马。杨虎赶上去，一刀砍下张从龙的首级。金兵见主将已死，四散逃走。宋军乘胜追击，夺回了汜水关，在关内安下营寨。

第二天，余化龙、杨虎来见牛皋，牛皋还在营内发脾气。余化龙说："我们两人初来乍到，还要将军多多关照。我们无以为敬，特意抢了汜水关送给将军，作为进献之礼。"这时，岳飞率大军到了关前，三人一齐上去迎接。牛皋把自己兵败，余化龙、杨虎二人抢关的事照实跟岳飞说了。岳飞也没有追究，对他说："既然如此，你率领本部人马去救藕塘关。"牛皋领命，立即起身往藕塘关进发。

牛皋带着人马到了藕塘关，守关的总兵金节出城迎接。牛皋到了衙门大堂，只见处处挂红，张灯结彩，原来金节以为岳飞亲率大军来了，所以布置得非常隆重。金节摆了一桌酒席招待牛皋。牛皋也不客气，叫人取大碗来，一连喝了二三十碗酒。正喝着，外边的军士进来报告："金兵来犯关了！"金节见牛皋已有八九分醉意了，就轻声吩咐传令各城门加派兵马把守。牛皋迷迷糊糊听见金节说话，就问发生了什么事。金节说："我见将军醉了，所以没说，金兵来抢关了。"牛皋大笑，叫道："快去拿酒来，喝了好杀金兵！常言道：'吃了十分酒，方有十分力气。'"金节无奈，只得又取了一坛陈酒来。牛皋捧起酒喝了半坛，然后站起身，踉踉跄跄地走下大堂，上马出城去了。

金兵元帅斩着摩利之身长一丈，使一条浑铁棍，足有百来斤重。他见牛皋吃得烂醉，在马上东倒西斜，头也抬不起来，觉得好笑，就拿着铁棍立在牛皋面前看。牛皋本已经醉了，又叫拿酒来。家将把剩的半坛酒送到牛皋面前，牛皋双手捧着，喝了个精光。哪晓得喝醉的人被风一吹，酒涌上来，"哇"的一声吐了出来，喷在斩着摩利之的脸上。斩着摩利之气极了，忙用手在面上抹。牛皋吐了一阵酒，清醒了一些，睁开双眼，看见一个金将立在面前抹脸，就举起铜来，"当"的一下打碎了斩着摩利之的天灵

盖。斩着摩利之跌倒在地,脑浆进出。牛皋下马取了首级,然后上马招呼众将士冲入金营,杀得金兵尸横遍野,血流成河。牛皋又率兵追击了二十余里,夺取了许多马匹和粮草,这才回兵。

　　金节见牛皋凯旋,心中十分敬服,赶忙出关迎接道:"将军真是神勇无比!"牛皋哈哈大笑道:"我若是再喝一坛酒,保准能把金兵杀得一个不留!"金节大笑,将他迎进关中。金节见牛皋如此勇猛,有心将自己的妻妹戚氏许配给他。牛皋怕岳飞怪罪,不敢答应。岳飞率大军来到藕塘关后,得知了此事,就废除了"不许临阵招亲"的军令,撮合了牛皋和戚氏的婚事。

第十八章　栖梧山元庆归降

　　岳飞占了藕塘关后，又拿下了茶陵关，还添了好几位勇猛的大将，于是决定整顿兵马，带领大军攻取栖梧山。

　　栖梧山是汝南一个险要关口，守关大将何元庆有万夫不当之勇。岳飞令大军在离山十里处安下营寨，然后亲自到山下讨战。何元庆闻报，披挂下山。岳飞见他头戴烂银盔，身披金锁甲，手提两柄大银锤，身下一匹嘶风马，威风凛凛，相貌堂堂。岳飞动了爱才之心，劝他弃暗投明。可何元庆不为所动，提着两柄银锤就来战岳飞，岳飞举枪迎战。两人棋逢对手，激战了一整天，也没有分出胜负。两人见天色已晚，就约定明日再战。

　　岳飞回到营中，对众将道："何元庆今晚必定来劫寨。汤怀，你带人在大营门口挖一个陷阱，用浮土盖住。"又令大将张显、孟邦杰率兵埋伏在陷阱两旁；大将牛皋、董先各带领一千兵马，在中途埋伏截住何元庆的退路。安排妥当，岳飞吩咐众将："务必生擒何元庆，不可伤他性命！"众将听令，各自离去。

当天晚上，何元庆果然来劫寨。他见宋营寂然无声，就呐喊着冲入宋营。只听一声炮响，何元庆连人带马跌入陷阱。张显、孟邦杰带领三军一齐冲上前，用挠钩拉出何元庆团团捆住。众喽啰见主帅被擒，急忙转身逃走，却被董先、牛皋带兵拦住，只得一齐投降。岳飞给何元庆松了绑，再次劝他归降。何元庆不服，岳飞便交归他的兵器和人马，让他整兵再战。

第二天，岳飞叫来大将张用，了解栖梧山的地形，张用说："后山有条小路可以上山，只是隔着一条山溪，虽然不深，但路窄难行。"岳飞听了，心生一计。他命张用、张显、陶进等部将率领三千精兵，每人携带一只沙袋，趁夜将沙袋填入山溪，偷渡过水，攻取栖梧山。

岳飞刚分拨完毕，何元庆已在阵前叫战。岳飞上马迎战，何元庆拍马提锤就打。岳飞左挑右刺，一杆枪耍得如同蛟舞龙飞；何元庆前挡后架，两柄锤舞得一片银光。两人又杀了个天昏地暗，直到晚上也不见输赢。岳飞用枪架住双锤，叫道："将军，天色已晚，你若喜欢夜战，便叫军士点起灯球火把，战到天明。若觉得辛苦，就回去休养精神，明日再来。"何元庆大怒道："岳飞，不要口出狂言，我与你再战三天三夜！"说完，就叫军士点起灯球火把，开始夜战。

战到三更，栖梧山忽然火光四起，何元庆见满山通红，大吃一惊，回马便走。半路上，何元庆遇到纷纷逃下山来的喽啰们，报告说："宋将张用，带领人马从后山杀上来，四面放火，夺了山寨！"何元庆气得咬牙切齿，大骂道："张用狗贼，我与你有什么仇，来抢我的山寨，叫我何处安身！"何元庆无奈，只得带了零星兵马，往汝南逃去。

何元庆率领人马来到白龙江边，只见江水茫茫，无船可渡，后面宋兵的喊杀声越来越近。正在此时,两只小船从芦苇丛中转出来。何元庆上了渔船到了河心,渔夫翻身跳进江里,将何元庆连人带船掀翻,把他擒住。原来这两个渔夫是岳飞手下的大将耿明初、耿明达兄弟,奉命来捉拿他的。岳飞见了何元庆,还是吩咐松绑放他回去,叫他再整大兵来决战。众将不服,岳飞说:"昔日诸葛亮七擒孟获,南方平定。今天,我也要何元庆心悦诚服地来归降。"

何元庆到了江口,只见一片大江,无路可走。他又羞又恼,正想拔剑自刎,汤怀飞奔赶来,道:"岳元帅记念何将军,让我来送行。请将军稍等,待我准备船只送将军渡江。"正说话间,又见牛皋带领军士抬着酒水、食物赶来,道:"奉岳元帅令,何将军一路辛苦,特备水酒、便饭,请将军聊以充饥。"何元庆感动得流下泪来,道:"岳元帅这样对我,不由我不降。"就同汤怀、牛皋来到岳元帅马前,跪下道:"蒙元帅两次不杀之恩,我心悦诚服,愿意投降!"岳飞见他真心归降,就和他结为兄弟,又备办酒席,与全营将士一同欢庆。

第十九章　失建康高宗被困

　　岳飞接二连三收服了好几位骁勇的战将，正想乘胜把金兵赶出宋境，这时朝廷却命他带兵到湖广，围剿洞庭湖水寇杨幺。岳飞一走，兀术趁机率大军攻向建康，很快建康就失守了，高宗君臣七人骑着马出了通济门，一路逃到浙江海盐。海盐城小兵少，抵挡不住金兵的追击，海盐县主路金建议说，有一位叫呼延灼的英雄隐居在当地，原是梁山泊的好汉，勇猛无双，可以召来保驾。高宗忙叫路金去请。

　　呼延灼刚到，金兵就已追到了城下。呼延灼出城迎战，他宝刀未老，三两鞭就把金将杜充打下马，割了首级。兀术得知消息，就亲自带兵来到城下对战。兀术见呼延灼鹤发童颜，威风凛凛，就以荣华富贵劝他投降。呼延灼闻言大怒，举鞭向着兀术面门上打去，兀术举金雀斧架住。两人大战了四十多个回合，呼延灼招架不住，回马败走。兀术纵马追来，呼延灼逃上了吊桥。不想这吊桥年久失修，木头已经朽烂了。呼延灼跑马上桥，踏断了桥木,跌下马来。兀术追过来,一斧砍去,呼延灼英勇殉国。高宗君臣见状,慌忙上马出城,往钱塘江方向逃去。

兀术带领大军沿着海塘一路追去,没多久就远远望见高宗君臣八人在前逃奔。高宗回头看到兀术追兵将近,吓得魂飞魄散。就在这危急时刻,忽见一只海船驶来,众大臣连忙招来救驾。渔夫把船靠岸,让他们上船,立即起锚使篙,挂起风帆,飞快地往对岸驶去。兀术追赶不及,只得带了人马,沿途去追。

高宗君臣渡过钱塘江,就一路逃往湖广去寻岳飞。这天,君臣来到一个村庄,众人见天色已晚,便到一户院墙高大的人家投宿。李纲抬头看门

楣，却是奸臣张邦昌家，忙扶着高宗转身就走。原来这张邦昌被革职后，在这里安家落户。张邦昌看见高宗等人，虚情假意，将他们骗到家中，准备献给金兀术。

张邦昌将高宗送至书房安歇，谎称去请岳飞来护驾，实则连夜到粘罕营中通风报信。张邦昌的妻子蒋氏忠厚善良，她知道这事后，偷偷到书房将张邦昌的奸计和盘托出，并带着高宗等人来到后院，让他们越墙逃走。君臣八人攀枝依树，爬出墙来，慌不择路，一步一跌地上路奔逃。

粘罕带领三千兵马，连夜赶到张邦昌家，进到大厅坐定道："快把南蛮皇帝带来！"张邦昌带了一众家丁，走进书房，只见书房门大开，不见了高宗君臣。张邦昌吓得七魂少了六魄，慌忙四处寻找，一直寻到后花园，见墙头爬痕，暗道："不好！"回转头来，又见夫人蒋氏吊在一棵树上自尽了。张邦昌咬着牙根道："原来是这贱妇坏了我的事！"就拔出刀来，割下蒋氏的头去向粘罕请罪。粘罕大怒，下令抄了张邦昌的家，把房子一把火烧了，又命张邦昌在前面引路追赶高宗。张邦昌哑巴吃黄连，有苦说不出，只得听令。

粘罕领兵追到牛头山，远远望见高宗君臣几人正在半山腰向上爬，忙命金兵上山捉拿。这时，天上忽然阴云密布，降下一场大雨。金兵穿的大多是皮靴，加上山陡路滑，爬一步倒退两步，滑倒跌死了不少人。雨越下越大，粘罕道："料他们逃不到哪里去。"就下令搭起牛皮帐，等雨停了再上山抓人。高宗君臣也顾不得大雨，拼命往上爬，一口气爬到山顶。山顶有一座破庙，也没有和尚把守。高宗君臣浑身湿透，见金兵没有追上来，便进去躲雨。

再说建康失守、高宗逃难的消息，不久就传到了岳飞那里。岳飞大吃一惊,立即派人四处打听。他打听到高宗在潭州牛头山,立即派牛皋和潭州总兵率领五千人马作为先锋,前去护驾。牛皋率军赶到牛头山,见山下有金兵把守,就请潭州总兵带路,从荷叶岭绕道上山。高宗君臣又冷又饿,正在庙中冻得瑟瑟发抖。众大臣看到牛皋来到,高兴得大喊:"牛将军,快来救驾!"牛皋在庙前下马,进殿见了高宗,叩头请安,又将身边的干粮献给高宗充饥。他吩咐三军守住上山要路,派人去请岳飞火速来救驾。山下的粘罕得知山上来了宋兵,立即派人前往临安,请兀术带兵前来增援。

第二十章　高宠毙命铁华车

　　且说岳飞一得到牛皋送来的消息，就飞奔上牛头山来。为了保高宗早日脱困，岳飞决定与金兵决一死战，就派牛皋去下战书。牛皋来到金营，要兀术下座见礼，道："我上奉天子圣旨，下奉元帅将令，是堂堂天子使臣，怎能给你行跪拜之礼？"兀术只得下座相见。牛皋递上战书，兀术回复道："三日后决战！"牛皋拿了回书，回营复命。

　　第二天，岳飞又派王贵、牛皋去金营各取一头猪、羊来祭帅旗。王贵、牛皋二人商量道："这金营六七十万人马，谁知道他们的猪羊藏在哪里？不如捉个金兵，权且当个猪羊来交差。"于是，两人拍马冲进营中，趁金兵不注意，一人捞了一个，夹在腰间，回到山上缴令。兀术听说宋将捉了金兵去祭旗，勃然大怒，也要派人去抓几个宋兵来祭旗，但被军师哈迷蚩拦住，就把张邦昌杀了当作祭礼，以解心头之恨。张邦昌当日曾在校场对天发誓，如若欺君，变成猪羊死在外邦，不料刚好应誓。兀术祭完旗，元帅哈铁龙送来了秘密武器"铁华车"。兀术大喜，下令把铁华车埋伏在西南方。两边准备停当，只等开战。

开战那天，岳飞调拨军队紧守各条要路，设下檑木炮石，又派高宠掌管三军司令的大旗，留守后方。岳飞提枪上马，带着张保、王横两将来到阵前。兀术出阵，叫道："岳飞，如今山东、山西、湖广、江西都归我所有。你兵不满十万，又被我困在这牛头山，何不将康王献出，归顺于我，我封你为王，如何？"岳飞怒喝道："兀术，我兵马虽少但个个骁勇，不杀尽你等誓不回师！"说完走马上前，举枪便刺。兀术提起金雀斧应战，两人大战了数十个回合。这时，四面八方的金兵呐喊连天，都涌上牛头山，与各路将领厮杀。岳飞挂念高宗在山上，恐怕有所闪失，就勾开斧，虚晃一枪，转马回山。

岳飞手下的虎将高宠，在山上将这一幕看得清清楚楚，心想："元帅与兀术交战，没几个回合便急急回山，必定是兀术武艺高强，待我下山去会会！"他把大旗交给宋将张奎，抢枪上马，往小路下山来。兀术正冲上山来，劈头撞见。高宠劈面一枪，兀术抬斧招架，谁知招架不住，只得把头一低，被高宠一枪挑落了头盔，吓得魂不附体，回马就走。高宠在后面紧追不舍，一路追进了金营。

高宠进了金营，拿着那杆碗口粗的枪，连挑带打，把那些金兵杀得人仰马翻，死伤不计其数。那高宠杀得兴起，进东营，出西营，如入无人之境，杀得那些金兵叫苦连天，哭声震地。一直杀到下午，高宠正要骑马冲出金营，忽然看见西南角有座金营，心想："那必定是金兵屯粮的地方，不如把它烧个干净！"主意既定，高宠拍马冲了进去。金兵慌忙报知哈铁龙，哈铁龙急忙吩咐将铁华车推出去应战。

高宠见到铁华车,也不知道是什么东西,用枪一挑,将一辆铁华车挑过头扔了出去。后面一辆接着一辆,高宠一口气连挑了十一辆。到了第十二辆,高宠又是一枪,谁知身下的坐骑精疲力竭,口吐鲜血,倒了下去,把高宠掀翻在地。这时,冲过来的铁华车,从高宠身上碾了过去,顿时将高宠碾得稀扁。哈铁龙拿了高宠的尸首去见兀术,道:"这个南蛮连挑十一辆铁华车,楚霸王重生也不过如此,实在厉害!"兀术一面吩咐哈铁龙再去整备铁华车,一面叫人在营门口立一根高竿,将高宠的尸首吊起来示众。

岳飞与众将看见金营门口吊起一个尸首,牛皋远远看得清楚,叫道:

"不好!"就拍马冲下山去。岳飞忙令张立、张用、张保、王横、何元庆、余化龙、董先、张宪八将立即下山去救应。

牛皋一马跑到营前,用铜一阵猛扫,扫得金兵们慌忙逃散。牛皋冲到高竿前,拔出剑来将绳割断,那尸首坠下地来。牛皋抱住一看,大叫一声,翻身跌下马,昏厥过去。金兵见了,正要上前捉住,张宪等八将赶到,杀退金兵。张保将高宠的尸首驮在背上,众将大杀一阵,把牛皋救上山。牛皋醒来大哭不止。岳飞和众将见了,也个个伤心落泪。

第二十一章　金兵突袭岳家庄

这天，兀术在营帐内思谋如何攻下牛头山，忽然把案一拍，叫道："好厉害！"军师哈迷蚩忙问："什么厉害？"兀术道："前日挨高宠一枪，差点送了性命；他有连挑我十一辆铁华车的本事，岂不厉害！"哈迷蚩道："任他再厉害，也是个死人了。我现有一计，可以捉拿岳南蛮。我听说岳飞最是孝顺，他母亲现在还在汤阴老家。我们派人悄悄去抓了来，还怕他不主动投降？"兀术听了大喜，立即派元帅薛礼花豹领兵五千，从牛头山出发，暗渡黄河，星夜前往汤阴。

再说岳飞家中，自从岳飞出外抗金，长子岳云已经长到十三岁，出落得一表人才。岳母请了先生教他读书，他天资聪颖，举一反三，常常将先生问倒。先生觉得颜面无存，只得请辞，一连几个都是如此。岳云将岳飞留下的兵书读得滚瓜烂熟，还喜欢使枪弄棒，置办了一副齐整的盔甲，常常带着家将到郊外打围取乐，或去校场看相州节度使刘光世都院操练兵马。一天,岳云偶然得到一本唐代传下来的锤法书,十分精妙,就叫人打了一对八十二斤重的大锤,日夜勤学苦练,练就了一身好本领。

这岳云学得一身武艺,一心想效法父亲杀敌报国。这天,正是秋收季节,忽然有人慌慌张张地跑来,喊道:"不好了,金兵来了!"大家吓得惊慌失措,面面相觑。岳云对岳母道:"祖母不要惊慌,听说金兵才三五千人,怕他做什么!让孙儿出去把他们杀个干净!孙儿若是杀不过,再与祖母逃走不迟。"说完,就披上衣甲,提上双锤,骑上战马,带了一百多名家将,出门迎敌去了。

走了不到二三里路,岳云就遇上了金兵。他大喝一声:"你们可是到岳家庄去的么?我小将军在此,快叫领头的出来受死!"金将薛礼花豹见只是一个十三四岁的小孩子,也不放在眼里,提了大刀,走马上前,喝道:"你这小南蛮是谁,敢拦我的去路?"岳云回答道:"我是岳飞元帅的大公子岳云。你是谁,敢来这里送死?"薛礼花豹听说他是岳飞之子,心中一喜,道:"我正要来抓你,你倒送上门来了。还不快快投降!"岳云大怒,举锤便打,薛礼花豹见岳云是个小孩子家,不提防他眼疾手快,只听"当"的一声,被岳云当头一锤,打下马来。金将张兆奴见状,吃了一惊,提起宣花月斧来砍岳云。不料岳云身形灵活,一锤掀开大斧,再一锤打来,张兆奴招架不及,天灵盖被打得粉碎,死在马下。那些金兵见主帅死了,无心再战,转身就逃。岳云抡动双锤赶上去,打死无数。这时,刘光世都院听说金兵来袭,率兵赶来救应,恰好遇到那些败逃的金兵,大杀了一阵,把那些金兵杀得一个不留。

第二十二章　岳云寻父建首功

　　杀退了金兵，岳云就想去牛头山帮助父亲。他担心祖母和母亲不同意，便留了一封书信，悄悄出门赶往牛头山。他日夜兼程，走了四昼夜，到了牛头山，见山上没有半个兵马，只有一个樵夫，十分奇怪。岳云上去问路，樵夫告诉他，这是山东的牛头山，不是潭州的牛头山。岳云只得抄小路再奔潭州。

　　岳云正在赶路，忽听山冈上传来一声大喝："孽畜，还不走！"岳云抬头一看，只见一个十二三岁的小孩，在山冈上用力拖着一只老虎的尾巴，喝那虎走。岳云见那小孩勇猛，故意喝道："这虎是我养的，休要伤它！"那小孩一听，信以为真，就一手抓着虎颈，一手提着虎腿，把老虎从冈上扔了下来。没想到劲使得太大，老虎"扑通"一声摔死了。岳云故意叫道："虎被你摔死了，快赔活的来。"说完，就把那死虎提起来，往山冈上抛回去。那小孩见岳云力气惊人，心中钦佩，就双手提着死虎，走下山来。两人一见

如故,当即结为兄弟。原来那小孩是梁山泊好汉大刀关胜的儿子关铃。关铃将自己的坐骑赤兔马送给岳云,与他依依惜别。

却说高宗住在牛头山的玉虚宫里,每天水酒素菜,清苦万分。这天正值中秋佳节,只有李纲在旁,高宗想起这几年被金兵追得四处奔波,不由得流下了眼泪。李纲见高宗悲伤,便建议他出去踏月散心。高宗这才收了泪,和李纲出了玉虚宫。两人刚到灵官殿,统制陶进、诸葛英等上前拦驾,高宗不听,执意下山看月。

君臣二人走马下山,往荷叶岭而去。不料兀术见月明如昼,也和军师哈迷蚩出营来看月色。兀术正躲在暗处偷窥宋营虚实,忽然听见不远处有人交谈。兀术细细一听,原来是高宗的声音,便叫哈迷蚩立即回去调动大军,自己冲上去大叫道:"王儿休走!"高宗、李纲听了,吓得魂飞魄散,转马便跑,兀术紧追不舍。诸葛英等将领看见,连忙上前挡住兀术。岳飞得知消息,赶紧叫人把自己的马牵来。不料宋将张宪见情况紧急,不管三七二十一,扯着岳飞的马骑上去,泼剌剌跑下山去了。诸葛英等被兀术打败,正在危急时刻,张宪拍马上来,一枪往兀术面上刺去。兀术叫声:"不好!"把头一偏,枪尖正好挑在耳朵上,立即血流如注。兀术惊慌不已,转马败下山去。

那天牛皋正在祭奠高宠,睡倒在高宠坟上,蒙眬中听见一阵喊杀之声,慌忙上马提铜,杀进了金营。兀术刚受了枪伤回来,听说牛皋也来踹营,怒气冲冲地起身上马,来战牛皋。兀术挥斧砍来,牛皋勾开兀术的斧,一铜打去,兀术躲避不及,被打中肩膀,回马败走。众金将渐渐围拢了过来,牛皋杀得两臂酸麻,汗如雨下,渐渐有些招架不住。

再说岳云来到牛头山,见连绵数十里全是金营,便拍马摇锤,冲了进去。金兵急忙报告兀术。兀术连吃了两回败仗,正在恼火,就提斧上马,来与岳云交战。兀术喝声:"看斧!"一斧砍去,岳云左手架开斧,右手举锤,照着兀术面门一锤打去。兀术见锤打来,向后一退,那锤在他肚皮上一刮,兀术几乎落马,痛不可当,赶紧拍马逃走。岳云也不追赶,左冲右突,如入无人之境,杀得金营里尸积如山,血流成川。岳云杀到前面,见牛皋被金兵围住,就挥舞银锤,打散金兵。牛皋打得昏头昏脑,以为又来了一个金将,举铜乱打,岳云叫道:"牛叔父,不要动手!我是侄儿岳云!"牛皋这才停手,和岳云一起杀退金兵,回到牛头山去见岳飞。

岳飞见岳云来投军,细细问明了前因后果,便安排他在后营安歇。第二天,岳飞派岳云到金门镇总兵傅光那儿去搬救兵,请傅光尽快调集人马来破金军,并嘱咐事关紧要,速去速回。为了不绕路,岳云决定直接从粘罕营中穿过。主意已定,岳云拍马下山,一路冲到粘罕营前,大喝一声:"小将军来踹营了!"摆动双锤,犹如雪花乱舞,打进金营。粘罕闻报,手提生铜棍,腰系流星锤,上马来迎战。粘罕举起流星锤,一锤打去。岳云左手举锤挡住,右手同时发锤,正中粘罕左臂。粘罕大叫一声:"啊哟,不好!"负痛逃走。岳云也不追赶,杀出金营,直奔金门镇。

不到一天时间,岳云便到了金门镇傅光的总兵衙内。岳云在内堂见过傅光,递上文书。傅光看了,立即答应到各处调兵遣将,前去保驾。岳云取了回书,告辞回去复命。

第二十三章 宋金决战牛头山

　　且说那粘罕差点被岳云伤了性命,败回营中坐定,对众将道:"没想到岳南蛮的儿子如此厉害!"这时,他的二儿子完颜金弹子,恰好从大都赶来了。这金弹子善耍流星锤,有万夫不当之勇。他见父亲被宋将所伤,十分气恼,急忙到阵前讨战。宋营里牛皋、余化龙、董先、何元庆、张宪先后出战,都不是金弹子的对手,岳飞只好高挂免战牌。岳云从金门镇回来,听说那金弹子无人能敌,便拍马下山,与金弹子交战。二人战到八十多个回合时,岳云渐渐招架不住。牛皋一见急了,大喝一声。金弹子稍一分神,被岳云一锤打中肩膀,翻身落马。岳云拔剑上前取了首级,回营缴令。

　　岳飞下令将金弹子的首级挂在营前,宋军人心大振。这时,探马来报:"南朝元帅张浚、顺昌元帅刘琦、藕塘关总兵金节等收到文书后,日夜兼程赶来保驾,现已齐集牛头山下。"岳飞急忙登上牛头山顶,果然看到各路人马纷纷赶到,约有三十余万,声势浩大。

岳飞见救兵已到,就传令施放大炮。数十尊大炮齐发,顿时轰天撼地。山下的总兵、节度使听到炮响,纷纷领兵杀来,从外围夹攻金兵。岳飞传令何元庆、余化龙、张显、岳云、牛皋等为先锋,带领众将士冲向金营,岳飞率领大队人马随后杀入。兀术也召集王子、元帅们领兵上马,与宋军决一死战。这场大战打得山摇地动,日月无光。只见岳飞摆动沥泉枪,如同蛟龙搅海,巨蟒翻身,打得众金兵一个个抱头鼠窜,口中直叫:"走,走,走!岳爷爷来了!"兀术见金兵渐渐抵挡不住,只得突出重围,率部往北逃走。

岳飞让元帅张浚、刘琦等护送高宗及众大臣回京,自己带了张保、王横追击兀术,杀得金兵们抛旗弃甲,四散败走。岳飞连日连夜紧紧追赶兀术,直追到金门镇附近。兀术只顾往北逃去,不知不觉来到汉阳江口,心中不由暗暗叫苦。原来一条大江,前无船只可渡,后有追兵将近,吓得兀术浑身发抖,仰天大叫:"天亡我也!我自进中原以来,还未有这样的大败!"兀术正无计可施,军师哈迷蚩用手一指,道:"狼主不要惊慌! 快看,那是我们的船!"

兀术定睛一看,那船上果然挂着金军旗号。原来是金将杜吉、曹荣被宋军打败驾船逃走,刚好路过这儿。哈迷蚩大喊:"快来救四太子!"杜吉急忙命船靠岸,兀术、哈迷蚩等匆匆上船。船少人多,哪里装得下所有的金兵。兀术见追兵已近,只得下令开船。剩下的金兵无船可渡,被追到江口的宋军犹如砍瓜切菜一般杀伤大半,还有一些金兵吓得往江中乱跳,淹死无数。这一仗,兀术损失雄兵六十余万,战将数百员,元气大伤。

第二十四章　秦桧叛国返中原

高宗从牛头山回到建康，不顾众大臣的反对，决意迁都临安。李纲见高宗不听劝谏、苟且偷安，气得连夜告老还乡了。岳飞也请旨回汤阴侍奉老母亲，高宗就赐了些金帛，让他还乡了。

再说兀术率领残兵逃回金国黄龙府，见了父亲完颜阿骨打，下跪请罪。阿骨打得知六七十万人马损失殆尽，一怒之下，命人将兀术推出去斩了。大臣们纷纷替兀术求情，军师哈迷蚩跪上奏道："狼主！不是四太子无能，实在是那岳南蛮足智多谋！"阿骨打见众大臣求情，勉强赦免了兀术。

兀术回府后，没有一天不想到中原之耻。这天，兀术与哈迷蚩计议道："我初入中原时，势如破竹，大败宋军。为何有了这岳飞以后，我便屡战屡败，全军覆没呢？"哈迷蚩回答道："狼主以前得胜，是因为有宋朝奸臣做内应。现在您将张邦昌这帮奸臣都杀了，如何能得到中原呢？"兀术觉得言之有理,便问:"如今再到哪里去找这样的奸臣呢?"哈迷蚩道:"奸臣还是有一个在这里的。当初何卓等五大臣跟随赵佶父子到此,其中四个都是铮铮铁汉死了,唯有秦桧苦苦乞求才留下条性命,一直流落在金国。我看这人是个大奸臣,狼主可以派人去把他找来,养在府中,对他略施恩惠,一年半载之后,他必然心生感激。到时候,您再多送些金银给他,叫他回国做奸细。这样一来,宋室江山还不是唾手可得?"兀术听了,连声称赞:"好计策!"立即派人四处打听秦桧的下落。

却说那秦桧和他的妻子王氏两人,自从被掳到金国以后,那些同来的大臣死的死了,杀的杀了。独有秦桧再三哀求,极尽谄媚,才留住性命,被

阿骨打赶到贺兰山边的草营内，服侍看马的金兵。后来看马的金兵死了，夫妻两人又流落到了山下，住在一顶破牛皮帐子里，每天靠王氏给那些金兵们浆洗缝补，勉强换些食物度日。

这天，兀术带着一群金兵，到贺兰山打围取乐。在回府的路上，兀术远远望见一个汉人装束的妇人，慌慌张张地躲到林子里去了。兀术命人把那妇人捉来问话，那妇人战战兢兢地跪下，道："奴家王氏，丈夫秦桧是宋朝状元，随着两位宋朝皇帝一同来到金国。因二帝迁去了五国城，奴家与丈夫两个流落在这儿。刚才奴家正要去树林中拾些枯枝当柴火，不知狼主到来，多有冒犯，请狼主饶恕！"兀术听了，大喜道："我久闻你丈夫博学多才，正要请他做个参谋。来人，速速备马去请！"

不一会儿，金兵就将秦桧带来了。秦桧见了兀术立即叩头请安，兀术请他坐上座，道："我一直仰慕你的才华，因一向带兵在外，没机会与你相见一叙。今天偶然遇见，总算得偿所愿。我这里正好缺少一个参谋，你夫妻俩以后就住在府中，也方便我朝夕请教。"秦桧听了连忙拜谢，夫妇俩当夜便在兀术府中住下了。兀术派人每天供应丰盛的饭菜，又常常送些衣服和财物给他们。秦桧夫妇过着锦衣玉食的生活，对兀术十分感激，把宋朝忘得一干二净了。

不知不觉，过了一年多。忽然有一天，兀术问秦桧夫妇道："你们可想回家去么？"秦桧道："承蒙狼主抬举，一直好酒好饭招待，怎么还会想回家？"兀术道："古人说：'树高千丈，叶落归根。'如果你们思念家乡，我可以派人送你们回国。"秦桧回答道："如果能回去拜祭一下祖坟，自然感激不尽，只怕难以成行。"兀术道："那有何难！你马上去五国城，讨了赵佶父子的亲笔诏书来，好混过中原关口。"秦桧立即辞别兀术，前往五国城见徽、钦二帝，对他们说："臣秦桧要回国，求二圣赐臣一封诏书。"二帝就写了个诏书，叫秦桧回国后，务必设法来接他们回去。

秦桧拿了诏书回到王府，兀术大摆筵宴为他们饯行。第二天，兀术又带领文武官员为他们送行。一路上安排了三十里一营，五十里一寨，迎接他们安歇，秦桧夫妇更加感激不尽。在离潞州不远的地方，兀术再次在帐中摆酒送别。席上，兀术说："先生回到中原，如果得了富贵，可不要忘了我呀。"秦桧赶紧回答说："如果有机会，我一定将宋室江山拱手送给狼主。"兀术道："你若真有此心，何不对天发誓？"秦桧立即跪下说："上有皇天，下有后土，我秦桧若是忘了狼主的恩德，不把宋朝天下送给狼主，就生背疮而死！"兀术连忙将他扶起，道："先生何必如此认真，日后如果有紧急的事情，派人来通知一声，我定当照应！"秦桧夫妇这才拜别兀术，上马往潞州去了。

秦桧夫妇手执二帝诏书，一路畅通无阻，没几日便到了临安，到午门候旨。高宗传进金銮殿，接了诏书，降旨道："爱卿从外邦回朝，带来二圣消息，真是可喜可贺！况且爱卿在外保护二圣多年，患难不改，实在难能可贵！朕就封你为礼部尚书，封你妻王氏为二品夫人。"秦桧谢恩退朝，到礼部衙门走马上任，这年正是绍兴四年。

第二十五章　岳飞义服杨再兴

　　秦桧回国后,说服高宗割地赔款,和金国签订了和约,换来了一段短暂的和平。高宗贪图享受,大肆搜刮民脂民膏。百姓们怨声载道,一些有志之士纷纷聚众起义。老令公杨继业的后人杨再兴聚集了几千人起义,不仅占据了山东九龙山,还打退了官兵好几次征讨。

　　高宗有心起用岳飞,又担心他不肯奉诏,急得唉声叹气。宫中的魏娘娘得知此事,便对高宗说:"臣妾愿绣一对龙凤旌旗,中间绣'精忠报国'四字。圣上派人赐给岳飞,或许他肯来。"高宗听了大喜,派人带了圣旨和绣好的旌旗,星夜赶往汤阴。

　　却说岳飞自归乡以来,母慈子孝,一家人共享天伦之乐,很是和睦。不久岳母病故,岳飞悲痛难抑,足不出户,在家守孝。这天,钦差来到岳府,岳飞见到龙凤旗,想起岳母要他"精忠报国"的谆谆教诲,就接了圣旨去往临安。高宗命他官复原职,带兵十万,到山东去剿灭杨再兴。岳飞谢恩出朝,命牛皋领兵三千作为先锋,又命岳云押运粮草,两人领命而去。

牛皋一路穿州过府,率军来到了山东九龙山下。他见天色还早,就下令先抢了九龙山再扎营。军士们领命,一齐来到九龙山下呐喊。杨再兴立即带领众喽啰下山,一字排开,叫道:"哪来的毛贼,敢到这里来寻死?"牛皋喝道:"你这狗强盗,见了俺牛老爷,还不下马投降?"杨再兴道:"嗬!你就是牛皋么?你不是我的对手,还是等岳飞来会我吧!"牛皋听了大怒,提起铜便打,杨再兴抢枪招架。两人大战了十二三个回合,牛皋招架不住,败下阵来,只得传令三军在山下扎营,等候岳飞的大军到来。

不到一天,岳飞的大军就到了。牛皋将败阵的事说了,岳飞笑道:"你哪是他的对手,等我明天亲自出马吧。"第二天,岳飞吩咐众将道:"这个杨再兴是一员虎将,我要收降他为国家效力。等会无论我是胜是败,贤弟们都不要上前。违者按军法处置!"说完,岳飞出了大营,来到九龙山下讨战。杨再兴领兵下山。岳飞拍马上前问道:"杨将军是将门之后,武艺超群,失身绿林岂不玷污了祖宗的名节。将军何不归顺朝廷,扫平金邦,名垂青史?"杨再兴大笑道:"岳飞,我杨再兴岂是个不通道理的人?无奈当今皇帝只求偏安一隅,不听忠言,任用奸邪,将锦绣江山都断送了!你辅佐他,只怕将来死无葬身之地!"岳飞一再劝说,但杨再兴不为所动。岳飞只得道:"不如我和将军一对一比试一番,如何?"杨再兴点头同意,命令喽啰回山寨,岳飞也令众将后退。岳飞和杨再兴各自催动战马,双枪并举,大战了三百余个回合,直到天黑也没有分出胜负。两人约定明日再战,各自收兵回营。

第二天,岳飞带领众将来到阵前,杨再兴早已在那儿等候。两人拨开战马,抢枪交战。这时,恰好岳云押解粮草来到营中交差,听说岳飞与杨再兴交战去了,就叫军士们守好粮草,一马跑到阵前,只见父亲与一员猛将杀得难解难分,众叔父正远远地观看。牛皋见岳云来了,便道:"贤侄,你来得正好,快上去帮你父亲!拿了这强盗,就算完事了!"岳云不知内情,便应道:"晓得!"把马一催,到了阵前,叫道:"爹爹休息一会,待我拿了这逆贼。"杨再兴把枪一收,喝道:"岳飞,你军令不严,还做什么元帅!"说完拨马回山去了。岳飞红了脸,下令收兵回营。

回到帐中坐定,岳飞大声喝道:"把这逆子绑去砍了!"众将连忙一齐跪下求情道:"公子押运粮草刚到,不知就里,所以犯了军令,求元帅开恩!"岳飞见众人求情,喝道:"死罪可饶,活罪难免,与我打四十军棍!"军士只得把岳云捆翻,打到二十棍,牛皋在旁想道:"这明明是我害他受打的。"就上前求情道:"牛皋愿代侄儿受二十棍!"岳飞这才叫军士停刑,吩咐张保道:"你将岳云背上山去,告诉杨再兴:'公子运粮初到,不知有军令

在先,所以冒犯了将军。本要斩首,因众将求情,打了二十大棍,送来验伤请罪!'"张保领令,背着岳云上了九龙山。

张保背着岳云到了九龙山,说明来意,杨再兴道:"这才像个元帅。你回去告诉你家元帅,说我约他明日再来会战。"张保答应了,背了岳云回营。杨再兴回到寨中,暗暗佩服岳飞军纪严明。当晚,岳飞也苦苦思索着收服杨再兴的计策。他苦思冥想,想出一招"杀手锏"来,决定明日试试。

第二天,岳飞来到阵前,杨再兴也领兵下山。二人也不说话,就举起兵器交战。刚战了十数回合,岳飞佯装战败,拨马逃走。杨再兴笑道:"你今日为何本事不济?"说完追赶上去,不料岳飞猛然回转马来,右手持枪便刺,杨再兴忙举枪架住,不提防岳飞左手取出银锏在他背上轻轻一捺。杨再兴措手不及,跌下马来。岳爷慌忙跳下马来,双手扶起杨再兴,叫道:"将军请起,得罪了! 可起来上马再战。"

杨再兴满面羞惭,跪在地上,道:"元帅,小将甘心服输,情愿归降。"岳飞执住杨再兴的手道:"将军若不嫌弃,我们结为兄弟,共同抗金保国如何?"杨再兴欣然应允,两人就在地上对拜了八拜,结为兄弟。杨再兴上山收拾了人马粮草,放火烧了山寨,就来营中投奔岳飞。岳飞大喜,吩咐摆酒,全营将士一起庆贺。第二天,岳飞就传下号令,起兵回朝。

第二十六章　小商河再兴捐躯

　　岳飞收降了杨再兴，又起兵前往太湖平寇。这天，忽然有探子来报："金国四太子兀术，带领二百余万兵马来犯中原，快到朱仙镇了!"岳飞听了，吃了一惊，忙令大将杨再兴、岳云、严成方、何元庆、余化龙、罗延庆、伍尚志七人，各带领五千人马，作七队，前去救应朱仙镇。

　　正值十一月的天气，大雪飘扬，万里山川都是银装素裹。第一队先行杨再兴带兵冒雪前行，一连走了两日两夜，才到达朱仙镇附近。杨再兴看那金兵漫山遍野滔滔而来，不计其数，就下令三军扎好营寨，自己拍马摇枪，去金营探探虚实。

　　那兀术带领了六国三川大军，分为十二队，每队人马五万，共有六十万人马，虚张声势，谎称二百万，正浩浩荡荡往小商桥而来。金军第一队的先锋雪里花南走马上来，正遇着杨再兴一马当先。杨再兴一枪将雪里花南挑下马去。第二队先行雪里花北便来接战，也被杨再兴一枪挑死在马下。杨再兴拍马又上前，撞见三队先锋雪里花东催马摇刀上来。他的刀尚未举起，又被杨再兴一枪在颈下挑了一个窟窿，翻身落马。那些金兵东倒西横，抱头鼠窜，只恨爹娘少生了两只脚，没命地逃跑。那四队先行雪里花西闻报，飞马上来接战，撞着杨再兴，不上一个回合，又被杨再兴挑于马下！不到一个时辰，杨再兴连杀四员金国大将。四队金兵共计有二十余万，见主将已亡，大败而走。只见人撞人跌，马冲马倒，自相践踏，死者不计其数。

杨再兴见金兵向北逃走，就想抄近路截杀。谁知这地方有一条河，名为小商河，河水虽然不是很深，却都是淤泥衰草，被大雪掩盖，看不出河路。杨再兴一马来到这里，"扑通"一声跌下小商河，有如跌入陷阱一般，连人带马，陷在河内。那些金兵看见，叫一声："放箭！"一众金兵金将万矢齐发，利箭就像大雨一般射去。可怜杨再兴连人带马，被射得如同刺猬一般。

却说那第二队先行岳云赶到，天色已暗。杨再兴的军士上前报告："杨老爷追杀金兵，误走小商河，陷于河内，被金人乱箭射死！"岳云听了，传令三军安下营寨，自己拍马摇锤，一马冲进金营，大叫："俺岳小爷来踹营了！"舞动那两柄银锤，如飞蝗雨点一般地打去，打得众金兵东躲西逃，自相践踏。这时，恰好第三队先行严成方赶到。两队军士将杨先锋误走小商河被金兵射死，岳云单身独马踹进金营的事说了。严成方闻言大怒，传令三军安下营寨，自己把马一提，直奔金营，高声大叫："俺严成方来踹营了！"抡动紫金锤，打了进去，指东打西，绕南转北，寻到了岳云，两人并力鏖战。兀术下令让各营将士立刻去迎敌，务必生擒二人。那些金兵金将，围住岳云、严成方厮杀。再说那第四队先行何元庆领兵来到，军士也将杨再兴被射死、岳云与严成方杀入金营的事说了一遍。何元庆听了,吩咐三军扎下营寨,也是一人一骑,冲到金营门首,大喝一声:"呔! 番奴! 何元庆来也!"舞动双锤,杀进金营。随即那第五队先行余化龙兵马也到,听了消息,也按下三军,飞马冲入金营,大叫一声:"番奴闪开! 余化龙来也!"把银枪一起,匹马冲入重围,去寻众位先锋。不久,那第六队罗延庆人马又到,众军士也将前事说了一遍。罗延庆闻言大怒,一马飞奔往金营而去,杀入重围。第七队伍尚志也到,军士也将前事禀上。伍尚志吩咐三军扎住营盘,飞马来到金营,将马一提,舞动画杆银戟,杀进金营,一层层冲了进去。只见岳云、严成方、何元庆、余化龙、罗延庆都在围内,六个英雄合力拼杀,只见锤打来,遇着便为肉酱;枪刺去,逢着顷刻身亡。直杀得天昏地暗,日月无光!

　　兀术看见，便道："不信这几个南蛮如此厉害！"又传令众将士一齐围住，吩咐道："务必抓住这几个南蛮！"众将得令，层层围住。六人在里面杀了一层，又是一层，杀了一昼夜。这时，岳飞带领大军到达，依河为界，放炮安营。六英雄听见炮响，知道是岳飞兵到。岳云两锤打出金营，后边严成方、何元庆、余化龙、罗延庆、伍尚志一齐跟着杀出金营。众英雄回到宋营，进帐见岳飞缴令。

第二十七章 送钦差汤怀殉国

　　再说兀术见众英雄离开后,尸骸满地,血流成河,死者不知其数,伤者更是众多,就与众将计议道:"这岳南蛮如此厉害! 他如果集齐各处人马,早晚必来决战! 不知那秦桧为何不见照应,难道死了不成? 他夫妻二人临别时对天立誓,回到宋朝后,难道忘得一干二净?"于是,兀术写了一封书信,派人偷偷送往临安。

　　秦桧回到宋朝后,高宗对他言听计从,拜为宰相,在朝中独揽大权。这天,秦桧接到兀术的密信,要他帮助除掉岳飞。正在这时,新科状元张九成求见。秦桧眉头一皱,就想出了一条毒计。

　　却说岳飞带着二十万大军,在朱仙镇上扎了十二座大营。这天,岳飞正在调兵遣将,军士来报,新科状元张九成奉旨来做参谋。岳飞忙命请进营来,他见张九成斯斯文文,一副文官打扮,就问:"状元公满腹经纶,为何不随朝保驾,却来这里做参谋?"张九成回答道:"晚生家境贫寒,没有礼物可以孝敬秦丞相，所以秦丞相保举了这个官职。"岳飞怒道："岂有此理！秦丞相也是十载寒窗，由科举而成宰相，怎能这样重财轻才！"众人正在愤愤不平，忽报圣旨又到，高宗命张九成到五国城去问候徽、钦二帝，即日起身。

钦差走后，众人气愤不已，纷纷说："这哪是圣旨，分明是秦桧的奸计。张状元一介书生，叫他冲过千军万马去，岂不是白白送死！朝中有这样的奸臣，真令人心寒！"岳飞沉吟半晌，见张九成手握符节，神色镇定，心中不禁暗暗赞赏，便问他准备何时动身。张九成道："晚生既然有皇命在身，不敢耽搁，这就准备起身了。"张九成去五国城必须经过金营，岳飞知道他此去凶多吉少，就派汤怀护送他前去。

汤怀保着张九成来到金营外，金兵进帐报告兀术。兀术心想："中原

竟然还有这样的忠臣，真是可敬！"就传令放行，还派了一员金将带领五十名金兵，送张九成到五国城去。汤怀送走张九成，回马来到金营，众金兵将他重重围住，喝道："汤南蛮，今天你休想回营了！你若早早下马投降，就饶你不死，还封你做一个大大的头目！"汤怀大怒道："呔！番贼！老爷我这几根精骨头，也不想回家乡了。"说完大喝一声，走马使枪冲入重围，与金人大战。金兵一层一层围上来，刀枪剑戟一齐杀来。汤怀左一枪，右一枪，杀得人困马乏，渐渐难以招架，心想："我单人独骑，料想杀不出重围，如果被金兵抓住了，到时求生不能，求死不得，反受他侮辱，还不如自尽了！"主意既定，汤怀就把手中枪尖调转，向咽喉刺去，翻身落马而死。

兀术见汤怀死了，下令把他的首级挂在营门口。岳飞得到消息，放声大哭，众将也悲泣不已。岳飞吩咐备办祭礼，遥望金营祭奠，发誓要扫尽金兵，为汤怀报仇。

第二十八章　王佐断臂假降金

汤怀死后,宋金两军继续在朱仙镇对峙。这天,金营来了一位叫陆文龙的金将。这个陆文龙,就是宋朝名将陆登的遗孤。当年,兀术初次进攻中原,潞安州守将陆登坚守城池,顽强抵抗,最后夫妻两人双双自杀殉国。兀术敬重陆登是个忠臣,将他还在襁褓中的儿子陆文龙收为义子,送到金国抚养。不知不觉,陆文龙已经十六岁了。他不知道自己的身世,在金国学得了一身好武艺。陆文龙听说兀术在中原受阻,就带了奶娘,轻车快马,从黄龙府赶来朱仙镇助战。

陆文龙一到军中,就请命杀敌。他带领金兵过了小商桥,到宋营前讨战。宋营内闪出两员大将来应战,一个是呼天庆,一个是呼天保。呼天保一马当先,来到阵前。他见眼前的金将才十六七岁,喝道:"我是岳元帅麾下大将呼天保。你小小年纪,何苦来受死!快去叫一个年纪大些的人来,省得说我欺负小孩!"陆文龙哈哈大笑,道:"我是大金国昌平王的殿下陆文龙。我听说你们岳蛮子有些本事,特来擒他!你们这些小喽啰,我还不看在眼里!"呼天保听了大怒,拍马抡刀,直取陆文龙。陆文龙左手举枪,勾开了大刀,右手使枪,"嚯"的一声,向呼天保前心刺来!呼天保躲避不及,正中心窝,跌下马来。呼天庆见了,大叫一声"不好!"拍马上前,举刀便砍,陆文龙举起双枪迎战。战了不到十个回合,陆文龙又一枪,把呼天庆挑下马来;再一枪,结果了性命。

岳飞听说二将阵亡,忍不住落下泪来。大将岳云、张宪、严成方、何元庆一齐上前,要求去擒那金将。岳飞道:"既是四人同去,我有一计。你们四人不可齐上,每人与他战几个回合,轮番上阵,这种战法叫作'车轮战法'。"

四将得令,出营上马,领兵来到阵前。岳云大叫道:"哪一个是陆文龙?"陆文龙道:"我就是!你是何人?"岳云道:"我是大宋岳元帅的大公子岳云。你这小番贼,休想在小爷面前卖弄本事,受我一锤!"说完上前交战,只见陆文龙一枪刺来,岳云举锤架住,两人大战三十多个回合。

这时,严成方叫道:"大哥先歇息一会!待我来擒他。"说着拍马上前,举锤便打。两人也战了三十多个回合。接着,何元庆又上来战了三十多个回合。然后,张宪又拍马摇枪,叫道:"陆文龙,来试试我张宪的枪法!""刷刷刷"一连几枪朝陆文龙刺来。陆文龙举起双枪左舞右盘,两人战了几十个回合,不分胜负。兀术见宋将实行"车轮战",急令鸣金收兵,陆文龙这才领兵回营。

第二天,陆文龙又来讨战。岳飞仍命岳云、张宪等四人出马,又命余化龙去压阵。岳云上前,抢锤就打,陆文龙举枪相迎。两人锤来枪去,战了三十来个回合,严成方又来接战。兀术恐怕陆文龙有闪失,亲自带领众元帅出营观战。兀术看见陆文龙与那五员宋将轮流交战,全无怯意,依然阵脚不乱,不禁频频喝彩。天色将晚,宋营五将见战不下陆文龙,吆喝一声,一齐上前,兀术也率领其他金将一齐出马。这场混战一直打到天黑,两边才各自鸣金收军。岳飞见陆文龙无人能敌,只得吩咐挂出"免战牌"。

　　这晚,岳飞双眉紧锁地回到后营,心中闷闷不乐。这时候,在宋军另一个营帐里,统制王佐一边自斟自饮,一边想:"我自归顺以来,还没有立过一点点功劳。现在有什么计策,可以上报君恩,下为岳元帅分忧?"王佐想了又想,猛然想起《春秋》《列国》中有个"要离断臂刺庆忌"的故事,心想:"我何不也砍了手臂,混进金营去,如果能乘机刺死兀术,也算大功劳一件。"心里有了主意,王佐又连喝了十来大杯酒,叫军士收了酒席,卸了盔甲,从腰间拔出剑来,"嚯"的一声,将自己的右臂砍了下来。王佐咬着牙关,拿药来敷了。然后独自一人悄悄来到岳飞的后营。

　　这时已是三更时分,岳飞因为心绪不宁,还没有就寝。他听说王佐有机密军情要报,连忙请他进帐。岳飞见王佐面色蜡黄,鲜血满身,吃惊地问道:"贤弟,这是怎么了?"王佐将断臂诈降、谋刺兀术的打算和盘托出,请岳飞准许。岳飞听了,流下泪来,扶起王佐道:"贤弟!为兄自有良策,可以破金兵,贤弟何苦砍断手臂!速速回去,请医官调治。"但王佐心意已决,岳飞无奈,只得含泪应允。

　　王佐辞别岳飞,出了宋营,连夜赶到金营。兀术听说有宋将求见,立即传令带进去。王佐一进帐就跪下,道:"我本是湖广洞庭湖杨幺的手下东圣侯王佐,因奸臣出卖被岳飞打败,只得归降。现在小殿下英勇无敌,岳飞无计可施,只得挂了'免战牌'。昨晚聚集众将议事,我进言说:'如今二百万金兵陈兵朱仙镇,实在难以抵挡,不如派人讲和,或许还能保全性命。'不料岳飞不听我好言相劝,反说我有心卖国,下令砍断我的手臂,派我来报信说他明日就要来擒拿狼主,直捣黄龙,踏平金国。我若不来,就要再断一臂,因此特来投奔狼主!"说罢,王佐放声大哭,又将袖中的断臂拿出来给兀术看。兀术见他面色焦黄,浑身是血,断臂处血肉模糊,十分同情,便封他做了个'苦人儿'的职位,把他留在金营中,还准许他可以随意走动。

王佐到了金营,天天寻找机会想要行刺兀术。这天,他正在金营中闲逛,忽然看见一个老妇人坐在陆文龙的帐内,便赶紧上前行礼。王佐听出那老妇人是中原口音,便道:"老奶奶不像金国人呀!"那妇人听了这话,触动心事,不觉悲伤起来,便说:"我告诉你也无妨,但万不能告诉别人!我本是河间府人,是小殿下的奶娘。他原是潞安州陆登老爷的公子,三岁就被狼主带到金国。所以我也在金国待了十三年。"王佐听了这话,心中大喜,脸上却不动声色,安慰了奶娘一番就告辞走了。

过了几天,王佐又来到陆文龙的营帐前。陆文龙刚好回营,看见王佐就让他一同进帐吃饭。王佐进了营,陆文龙道:"你们中原有什么故事,讲两个给我听听。"王佐听了,正中下怀,就道:"那我先讲个'越鸟归南'的故事吧!当年吴、越交战,越王将美女西施献给吴王,引诱吴王迷恋美色,荒废国政。这西施有只鹦鹉,原被西施教得诗词歌赋样样精通,可到了吴国以后,竟然不肯说一句话了。后来越王兴兵伐吴,吴王死在紫阳山。西施带着鹦鹉回到越国,这鹦鹉才肯开口。这便是'越鸟归南'的故事。那禽鸟尚且怀念家乡,何况是人呢?"陆文龙听了觉得无趣,道:"不好!你再讲一个好的给我听。"

于是,王佐又讲了一个"骅骝向北"的故事:"宋真宗时,有个奸臣叫

王钦若,想害死一门忠义的杨家将,便哄骗真宗说:'中原的坐骑都是劣
马,只有辽国天庆梁王的日月马才是宝驹。皇上何不让杨元帅去把这宝
马借来骑骑。'真宗依言下旨,杨元帅无奈,只得派人混入辽国把那匹马骗
了来。谁知那匹马送到京城后,日夜向北嘶鸣,一点草料也不肯吃,饿了
七天,竟死了。"陆文龙叹道:"好匹义马!"王佐说完故事,就起身告辞了,
陆文龙约他有空再来。

　　过了几天,王佐又来找陆文龙,说有个故事要单独讲给他听,陆文龙

就吩咐左右都出去。王佐取出一张图来呈上，道："当年兀术攻打潞安州，节度使陆登尽忠，夫人尽节，双双殉国。兀术见公子陆文龙幼小，就命奶娘抱着带往金国，认为义子，到如今已经十三年了。可恨这陆文龙不但不为父母报仇，还认贼作父，岂不让人痛心！"陆文龙听了，大吃一惊，半信半疑。这时奶娘哭哭啼啼地走进来，道："将军所言，句句是真！老爷、夫人死得好苦！"陆文龙听了泪如雨下，拔出剑来，就要冲出去杀了兀术。王佐忙拦住他，劝他再忍耐一下，等待时机。

过了几天，金营里又添了一员叫曹宁的猛将，接连杀了宋营几位大将。岳飞见曹宁勇不可当，只得又挂出"免战牌"。王佐得知曹宁是曹荣之子，也是在金国长大，不知道自己的身世，就让陆文龙将曹宁请来，劝他一起归宋。

不一会儿，曹宁来到陆文龙帐中，与王佐见了礼。王佐又讲了"越鸟归南""骅骝向北"的故事。陆文龙告诉曹宁："我们都是宋人！"曹宁十分惊讶。王佐又告诉他："我还知道令尊是被山东刘豫引诱降了金，才做了赵王。"曹宁听了大吃一惊，难以置信。陆文龙又将王佐断臂假降，以及自己的身世之冤一一说了，曹宁这才相信，垂泪道："我父卖国求荣，我若投奔宋营，只怕岳元帅不会收容。"王佐道："不碍事，我写一封书信给你带去。到时你与文龙里应外合，立功赎罪！"曹宁点头答应，藏好书信，辞别出营。

第二天清早，曹宁披挂整齐，来到岳飞帐前归降，并递上王佐书信。岳飞看了信，大喜道："我弟断臂降金，才立下这件奇功，真不枉他吃这一番苦。"岳飞勉励了曹宁一番，命人给他换了宋军衣甲，留在营中。兀术听说曹宁降宋恼怒不已，恰好曹宁的父亲曹荣解押粮草回营来了，就传令将曹荣斩首。曹荣得知事情原委，就请令去宋营带曹宁回来，兀术同意了。

于是，曹荣上马提刀，来到宋营，叫曹宁出来见他。曹宁上马出营，父子俩阵前相见。曹荣见儿子改换宋军衣装，怒骂不止。曹宁劝道："爹爹，我已是宋将了。爹爹何不改邪归正，同保宋室，这才是祖宗子孙之福啊。"曹荣听了，恼羞成怒，道："畜生，难道父母都不顾了吗？快快随我回去请罪！"说完拍马舞刀，朝曹宁砍来。曹宁手摆长枪去挡，却失手将父亲一枪挑死，只得命军士抬了父亲的尸体回营缴令。

岳飞见了曹荣的尸首，大吃一惊，道："你父亲既然不肯归宋，你自己回来就是了，怎么能亲手杀死父亲？"曹宁无言以对，叫道："曹宁不忠不孝，还有什么颜面活在这世上！"说完，拔出腰间的佩刀，自刎而死！

第二十九章　岳飞大破连环马

　　兀术痛失曹宁这员猛将，懊恼不已。这天，他正在帐中和众将议事，士兵进来报告说："完木陀赤元帅、完木陀泽元帅，带领'连环甲马'在营外候令。"兀术听了精神大振，忙将两位元帅请进来，道："这'连环甲马'演练了数年，今天终于成功！明天就烦请两位元帅出马，擒拿岳飞！"二人领令。

　　第二天，完木陀赤、完木陀泽二人将"连环甲马"埋伏在营中，然后领兵到宋营前讨战。岳飞命董先率领陶进、贾俊、王信、王义四将带五千人马出战。五将来到阵前，完木陀赤口出狂言要擒拿岳飞。董先听了大怒，举起月牙铲打去，完木陀赤舞动铁杆枪，架开月牙铲，回手朝董先刺去。两人战了五六个回合，完木陀泽看见完木陀赤战不过董先，就使着浑铁镗，飞马来助战。陶进等四人看见了，各举大刀一齐上前。七个人跑开战马，犹如走马灯一般，团团厮杀！两员金将敌不过五位宋将，只得回马败走。完木陀赤边走边叫道："宋将不要追赶了，我有宝贝在这儿！"董先道："随你什么宝贝，老爷们都不怕！"说完，拍马追赶上去。

完木陀赤、完木陀泽引着董先等人来到营前，只听一声炮响，从金营里冲出三千人马来。那马身上都披着生驼皮甲，马头上用铁钩铁环连锁着，每三十匹一排。马上的士兵都穿着生牛皮盔甲，脸上也戴着牛皮做成的面具，只露出两只眼睛。几十排弓弩，几十排长枪，共一百排，一齐冲出来，把宋军一齐围住枪挑箭射，猛烈出击。不到一个时辰，五员宋将和五千宋军，几乎全部丧命在阵内，只侥幸逃出几个带伤的宋兵。

那些伤兵逃回宋营，报告岳飞："董将军他们都殁在阵内了！"又将"连环甲马"阵的厉害，细细禀明。岳飞满眼垂泪道："'连环甲马'当年呼延灼曾经用过，只有徐宁传下来的'钩镰枪'可以破。可怜五位将军白白送了性命，岂不痛心！"岳飞传令准备祭礼，亲自出营哭祭了一番。又命大将孟邦杰、张显各带兵三千，练习"钩镰枪"；张立、张用各带兵三千，练习"藤牌"。

兀术打了胜仗，就想乘胜追击，这时军师哈迷蚩献了一计："狼主可以派一员大将暗渡夹江，直取临安。岳南蛮如果知道了，必定回兵去救。我们再派大兵断了他们的后路，使宋军首尾不能相顾，定能将岳飞拿下！"兀术听了大喜，命鹘眼郎君领兵五千，悄悄地抄小路往临安进发。

鹘眼郎君带领人马刚离开朱仙镇，就遇见了押送粮草到朱仙镇的三千宋军。这押粮的都统制叫王俊，是秦桧门下的走狗。王俊没想到会碰上金兵，只好硬着头皮迎战。两人战了不到七八个回合，王俊就被打得落荒而逃，鹘眼郎君在后面紧追不舍。

正在这时，前面忽然出现了一支宋军，领队的将领正是牛皋。牛皋见一个金将在追一个宋将，便纵马上前，拦住鹊眼郎君。两人战了二十个回合，鹊眼郎君手中的刀略微迟疑了一下，就被牛皋一铜打中肩膀，翻身落马。牛皋取了他的首级，杀散了金兵，这才转过身来问王俊的来历。王俊道："小将官居都统制，姓王名俊。蒙秦丞相推荐，要解粮到朱仙镇去。"牛皋心想，早知是秦桧的走狗，就不救他了，嘴里却说："俺是岳元帅麾下的统制牛皋，奉令催运粮草。王将军既然解粮去朱仙镇，我的粮草烦你一并带去，见了元帅，就说牛皋去别处催粮了，催齐了就来。"王俊答应了。牛皋又道："这首级也带了去，与我报功。"王俊道："将军本事，天下无双！这小小的功劳，将军不如送给我吧！"牛皋暗想："这功劳权且送给他，回营后再出他的丑。"便同意了。

王俊押送粮草来到朱仙镇，见了岳飞，道："卑职奉旨押送粮草，路上遇见牛皋将军被一名金将追赶，那金将声称要暗渡夹江，去抢临安。卑职就上前救了牛将军。现粮草和那金将的首级都在营门外，特来报功。"岳飞听了，明白是王俊冒功，也不挑明，先记了他一功。

再说牛皋回营缴令，问岳飞道："我前次救了王俊，王俊将金将鹊眼郎君的首级及粮草带回了营中，可曾收到？"岳飞道："有是有的，但王俊说是他救了你，这功劳是他的。"牛皋道："王俊怎么冒功？"王俊在旁答道："人不可没有了良心，小将救了你的性命，你怎么反来夺我的功劳？"牛皋道："我与你比比武艺，你若是胜得了我，我便将功劳让给你。"

二人正在争功，忽然听到营外传来一阵喧哗。岳飞出营一看，原来营门前有数百名士兵要求退粮。岳飞十分意外，觉得其中必定有隐情，便叫进来问话。为首的进来跪下，岳飞问道："现在大敌当前，全仗你们替国家出力，怎么反说要退粮？"那士兵道："近日来所发的米粮，一斗只有七八升，我们连饭都吃不饱，还打什么仗？"岳飞责问监管钱粮发放的王俊。王俊狡辩道："钱粮虽是卑职所管，却都是吏员钱自明经手发放，卑职不知情。"岳飞立刻将钱自明传来，喝问克减军粮的事。钱自明招供说是王俊的主意。岳飞大怒，下令将钱自明斩首，又责令王俊将克减的粮草照数赔补，然后打了四十大棍，命令军士连夜将他押解到临安，交秦桧处置。

这时，孟邦杰、张显、张立、张用已将"钩镰枪"和"藤牌"练熟了，回营缴令。岳飞便命他们去破兀术的"连环甲马"，又命岳云、严成方、张宪、何元庆，带上五千人马，在后面接应。

孟邦杰等四将来到金营前讨战，完木陀赤兄弟上阵迎战。完木陀泽和张立两人拍马抢枪，战了几个回合，完木陀泽诈败进营。四将领兵追去。突然一声炮响，三千"连环甲马"团团围裹上来。张立立即命令三军用"藤牌"将四周密密遮住，使金军的弓矢、枪弩不能进击，宋军因此毫发

无伤。孟邦杰、张显带领人马从后面袭来，用"钩镰枪"去钩马腿，一连钩倒数骑"连环甲马"，剩下的也都自相践踏起来。金兵正乱成一团，又听得一声炮响，岳云、张宪从左边杀入，何元庆、严成方从右边杀入。只听人叫马嘶，金兵死伤无数，"连环甲马"一败涂地。

这一仗，金军的"连环甲马"都被挑死了，宋军大获全胜。兀术得知消息，大哭道："我这马练了好几年的功夫，不知死了多少马匹，才得成功！今日却被他一阵破了！"说完，心疼得失声痛哭。

第三十章　朱仙镇兀术惨败

　　兀术偷袭临安不成，又被岳飞破了"连环甲马"，心中郁郁不乐。这天，他正聚集了众将商议，兵士来报："本国差兵押送'铁浮陀'大炮在外候令。"兀术大喜，道："任那岳飞足智多谋，也难逃此劫！"他一面下令准备火药，一面清点人马，专等黄昏施放大炮。那陆文龙在旁听了，急忙回营与王佐商量。两人决定，射封箭书报知岳飞，让宋军有所准备。岳飞得到消息，暗中将人马退到凤凰山躲避。

　　二更时分，兀术传下号令，将"铁浮陀"一齐推到宋营前，放出轰天大炮，向宋营打去。只见烟火腾空，山摇地动，天地震撼。岳飞与众将士在凤凰山上看到，暗自心惊。金兵打完大炮正要回营，却被埋伏在半路的岳云、张宪带领的人马偷袭，宋军取出铁钉把火炮的火门钉死，一齐动手将"铁浮陀"全部推入了小商河内。宋军也重新回到原地，扎好营盘。

　　再说那兀术在金营前，见宋营被"铁浮陀"大炮打得一片漆黑，回到帐中对军师道："这回总算大功告成！"众将齐到帐中贺喜。兀术传令摆起酒席，要与众将饮酒到天明，这时有金兵进帐来报："'苦人儿'同小殿下带了奶娘投宋去了。"兀术听了，叫道："罢了，罢了！真是养虎伤身！"正在恼恨，又有金兵来报："宋营毫发无损，旗帜分外鲜明，气势越发雄壮了。"兀术出营观看，果然见宋营中旗帜飘扬，刀枪密布，心中好不疑惑，忙传令整备"铁浮陀"，今晚再打宋营。金兵得令，一看却发现"铁浮陀"不知哪里去了，慌忙四下搜寻，却原来都被推在小商河内了，忙去禀告。兀术闻讯，气得暴跳如雷。

　　兀术回到营中，叹了口气道："这岳南蛮着实厉害，能使王佐舍身断臂，来施苦肉计！王佐害得曹宁父子身亡，又说动陆文龙归宋，实在可恨！如今却该怎么办？"哈迷蚩道："狼主不必心焦。我新研究了一个大阵，叫

作'金龙绞尾阵'，威力惊人，只要诱那岳南蛮来打阵，就可以擒住他。"兀术大喜，命哈迷蚩速去操演，又派人将一封箭书射进宋营，叫岳飞停战一个月，约期对阵。岳飞同意了。过了十多天，岳飞趁着天黑，悄悄带了张保来到凤凰山边的树林深处，爬上一棵大树偷看金营。只见金营里灯火通明，百来万人马摆成两条"长蛇"，头并头，尾搭尾，首尾照应。岳飞看了，心中暗暗有了对策。

一个月的时间很快便过去了，金营摆阵完毕，兀术派人到宋营下战书，约定来日交战。第二天，岳飞同张信带领人马，从左边杀入，打左边的"长蛇阵"；韩世忠和刘琦领兵从右边冲入，打右边的"长蛇阵"；岳云、严成方、何元庆、余化龙、罗延庆、陆文龙等人从中间杀进，气势凶猛。只见金营将台上一阵炮响，四面八方的金兵团团围拢。那"金龙阵"原来是由两条"长蛇阵"变化而来，头尾都有照应，犹如剪刀的两把手柄，层层绞来。宋将杀了一层又一层，金兵金将源源不断涌来，杀不散，打不开。

岳飞与众将正在阵中杀得天昏地暗，阵外忽然来了三个少年。他们一个是善使银锤的金门镇先行官狄雷；一个是岳飞手下统制官孟邦杰的小舅子，善使鏊金枪的樊成；一个是岳云的结拜兄弟、手执青龙偃月刀的关铃。他们听说兀术摆下大阵和岳飞在朱仙镇决战，几个人都觉得正是立功的好时候，便分别赶过来助战。三员小将在阵外相遇，从正中间杀入阵去，锤打枪挑刀砍，金兵纷纷溃退，全阵立即骚动了起来。

兀术正在将台上看军师指挥布阵，有金兵来报，说阵中来了三个小南蛮，勇不可当。兀术急忙提斧下台，跨马迎上去，正遇见关铃三人。兀术见关铃年纪虽小，却威风凛凛，相貌堂堂，心中十分喜爱，就劝降道："小南蛮，我是大金国昌平王兀术四太子。我看你小小年纪，何苦断送在这里？

你若肯归顺,我封你一个王位,永享富贵,有何不美?"关铃听了却笑道:
"咦!原来你就是兀术!也是小爷我的时运好,出门就撞见个宝。快拿头
来,给我做见面礼!"兀术大怒,抢动金雀斧,当头砍来。关铃举起青龙偃
月刀,拨开斧,劈面交加。两人战了十多个回合,不分胜负。这可恼了狄
雷、樊成,两人一齐上前助战。兀术杀得两肩酸麻,浑身流汗,敌不过这三
个初生牛犊,只得转马败走,又怕他们冲散阵势,便绕阵而走。因为兀术
在前,众金兵不敢阻挡,那三人在后追赶,反把"金龙阵"冲得七零八落。

四位元帅见金兵阵脚已乱,指挥众将奋起厮杀。岳云、严成方、何元
庆、狄雷四将冲杀到中央将台旁,他们使的都是锤,岳公子银锤摆动,严成
方金锤使开,何元庆铁锤飞舞,狄雷双锤并举,锤起锤落,金光闪耀,寒气
逼人,杀得那些金兵尸如山积,血若川流。众营立脚不住,一齐弃寨而逃,
乱乱窜窜,溃不成军。

这一场恶战,彻底瓦解了"金龙阵",大破金军。兀术带领残兵一口气
逃奔了二十多里,这时前队败兵忽然发出惊喊声,迅速向后溃退。原来,
宋将刘琦早就带着人马抄小路埋伏在这里。只听见一声梆子响,两边埋
伏的弓弩手搭弓拈箭,利箭就如飞蝗一般射来。兀术急忙传令往左边小
路逃走,又走了一二十里,前军又发出惊喊,原来前面是金牛岭,山高崖
陡,大军难以逾越。兀术上前一看,果然陡峭难行,正要另寻出路,又听见
后边喊声震耳,追兵渐渐近了,只好下令:"拼死上山,违令者斩!"兀术身
先士卒,提脚爬上山崖。金兵们只得硬着头皮,追随过岭。由于人多路
狭,山势险峻,一路上失足跌死的金兵不计其数。刚上了五千人马,追兵
就到了,山下的金兵无路逃生,都做了刀下鬼。

第三十一章　十二金牌召岳飞

　　兀术接连吃了两个大败仗，对军师哈迷蚩道："我自进中原以来，所带六十多万人马，如今杀得只剩五千人！我还有何脸面回去见老狼主，倒不如自尽了！"说完，便拔出腰间佩剑要自刎，哈迷蚩赶忙将他紧紧抱住，众将上前夺下佩刀。哈迷蚩劝道："狼主，胜败乃兵家常事，不如暂且回国，重新整顿人马，伺机杀进中原，以报此仇！"兀术这才拭干眼泪，收起宝剑。

　　这时，哈迷蚩又向兀术献计道："现在秦桧高居相位，待我悄悄混入临安去见秦桧，要他找个机会害了岳飞，到时何愁得不到宋室天下？"兀术听了大喜，当即取过笔砚，写了封信，外面用黄蜡包裹了，做成一个蜡丸，交给哈迷蚩。哈迷蚩将蜡丸藏好，辞别了兀术，扮成中原人的模样，悄悄地往临安去了。

　　哈迷蚩到了临安，打听到秦桧同夫人王氏正在西湖边游玩，就也寻到湖边去。只见秦桧乘坐的游船停泊在西湖的苏堤边，夫妇二人正在船上对坐饮酒，赏玩景致。哈迷蚩见了，就走过去高声叫道："卖蜡丸，卖蜡丸！"叫过东来，又叫过西去。那王氏听得卖蜡丸的只管叫来叫去，就往岸上一看，便低声道："相公，这不是哈军师么？"秦桧忙吩咐家人将那卖蜡丸的叫到船上来。家人领命，走到船头把手一招，叫哈迷蚩上船来。秦桧问道："你卖的是什么蜡丸？可医得我的心病么？"哈迷蚩道："我这蜡丸专治的是心病，且有妙方在内。但要早医，迟了恐怕无效。"说完将蜡丸递上。秦桧会意，赏了他十两银子，哈迷蚩谢赏而去。

秦桧回到府中，将蜡丸剖开来一看，却是兀术的亲笔书信，上面写着"秦桧负我，使我被岳飞杀得大败。若能谋害了岳飞，才算是报答了我的恩情。倘若得了宋朝天下，愿和你平分"等话。秦桧看了，便问王氏："狼

主叫我谋害岳飞,这可如何是好?"王氏道:"相公官居宰相,这点小事又有何难?不如拖延粮草供给,只说想与金国议和,然后召回岳飞,设计害了他父子,不就好了?"秦桧听了,连连点头。

再说岳飞自从打了胜仗,便调兵养马,准备乘胜追击。这天,忽报有圣旨到,朝廷命岳飞班师,暂回朱仙镇养马,等秋收粮足了,再发兵伐金。钦差走后,将士们面面相觑,韩世忠气愤地说:"现在金兵节节败退,捷报频传,皇上不仅不发兵粮,反而召元帅回朱仙镇!这必定是奸臣诡计,元帅千万不可轻易回兵。"岳飞无奈地说:"君命难违!"说完,就传令拔寨起营,全军浩浩荡荡回到朱仙镇,依旧扎下十三座营头,每天操兵练卒,只等秋收后进兵。

岳飞心知朝中奸臣当道,心怀不善,便命岳云与张宪先回家乡。这天,圣旨又到,朝廷命岳飞在朱仙镇屯田养马;各路兵马暂归本营,等粮足了再听候调遣。三天后,各路人马拔寨回营。岳飞在朱仙镇终日操兵练将,又令军士耕种稻麦,一心等待皇命,出师北伐。

腊尽春残,又到了夏秋时候。一天,岳飞正坐在帐中看兵书,忽报圣旨到。岳飞连忙迎接开读,却是因和议已成,朝廷召岳飞进京,加封官职。送走钦差,岳飞回到营中,对众将道:"圣上命我进京,但奸臣在朝,此去吉凶难卜。我走后,众兄弟要戮力同心,为国家报仇雪耻,迎二圣还朝,岳飞虽死无憾!"

正说间,又报有内使带着金字牌,到军前来催岳飞起身。岳爷慌忙接过,又报金牌来催。不一会工夫,一连接到十二道金牌。内使道:"圣上命元帅即刻起身,若再延迟,就是违逆圣旨了!"岳爷心中明了,如今朝廷有心议和,召回自己等于将已经收复的国土拱手让给金人,不由悲愤大叫:"十年之力,毁于一旦!"虽然心有不甘,岳飞还是走进帐中,将帅印托付给施全和牛皋,然后带着王横及四员家将即刻动身,前往临安。一众将士齐出大营跪送,朱仙镇百姓一路携老挈幼,洒泪送别。

第三十二章　风云变岳飞下狱

岳飞几人走了两三日，刚到达平江，就遇到冯忠、冯孝的人马。他们假传圣旨，要以按兵不动、克减军粮、纵兵抢夺的罪名，将岳飞扭解上京。王横见状抢起熟铜棍，高声叫道："住手！俺们元帅征战多年，别的功劳不说，朱仙镇上的百万金兵就是我们拼了命杀退的，怎么反要拿俺们帅爷？哪个敢动手的，先吃我一棍！"岳爷忙喝道："王横，不可动手！"这时，冯忠趁机提起腰刀，一刀砍在王横头上。可怜王横半世豪杰，最后却被乱刀砍死！

冯忠、冯孝绑了岳飞，将他打入囚车，解往临安。到了京城，暗中送往大理寺狱中监禁。随后，秦桧将自己的爪牙万俟卨升做大理寺正卿，罗汝楫升做大理寺丞，让他们二人审问岳飞。

万俟卨、罗汝楫两人在狱中提审岳飞，罗汝楫道："岳飞，现在你部下军官王俊告你克减粮草、按兵不动、私通外国，你快快老实招来！"原来是那秦桧派来押送粮草的王俊，被岳飞打了四十大棍，回到临安就诬告岳飞。岳飞此时暗恨当时没有杀了王俊那奸人，怒喝道："通敌卖国的大事，怎能随便诬告于我？"万俟卨见岳飞不肯承认，叫道："左右先给我打四十大板！"左右一声吆喝，将岳飞按倒在地，重重打了四十大板。岳飞被打得鲜血迸流，死去活来，但他始终咬紧牙关，不肯招认。二贼又命人用檀木夹，夹得岳飞的手指指骨碎裂，但岳飞只是呼天捶胸，不肯招认。二贼只得命狱卒将岳飞仍旧带去收监，第二天再审。

万俟卨、罗汝楫回到家中，商议了一番，弄出一些新刑法来折磨岳飞，叫作"披麻问""剥皮拷"。二贼连夜将麻皮揉得粉碎，鱼胶熬得烂熟，准备好了。第二天审问时，万俟卨曳喝道："岳飞，将你按兵不动、克减军粮、意图谋反的事快快招来，免得受皮肉之苦！"岳飞道："我一生立志恢复中原，以雪靖康之耻。先前在朱仙镇打败金兵百万，只待进兵燕山，直捣黄龙了，不想圣上连用十二道金牌召我回来，我哪曾按兵不动？十三座营头，三十多万人马，我如果真克减了军粮，将士怎么可能不起反叛之心？我岳飞一片忠心，唯天可表！"万、罗二贼见岳飞还是不肯招认，便喝令左右脱掉岳飞的衣服，在他身上敷上一层鱼胶，又粘上一层麻皮。一会儿工夫，岳飞身上已经粘上好几处麻皮。

二贼再问："岳飞，你招不招？"岳飞喝道："你们今天害死我，我化为厉鬼，也不会放过你们！"二贼听了大怒，吩咐左右："给我扯！"左右把麻皮一扯，连皮带肉撕下来一大块。岳飞大叫一声，晕了过去。左右连忙用水把他喷醒，万俟卨叫道："岳飞，你再不招，叫左右再扯。"岳飞大声叫道："罢了！我如今死了也罢了！希望岳云、张宪不要坏了我一世忠名才好！"

万俟卨、罗汝楫听见这话，吃了一惊，吓得汗流浃背，立刻想出一条毒

计来。他们赶到秦桧府中，对秦桧说："小官们想了一计，何不伪造一封家书，叫岳云、张宪到京城来，到时候一网打尽，岂不更好？"秦桧听了连连点头，忙叫了个善于临摹的门客照着岳飞的笔迹，写了封家书，让岳云和张宪速来京城，听候加封官职。然后派了一个家丁星夜赶往汤阴县，哄骗岳云、张宪到来。很快，岳云、张宪赶到了京城，他们一进城就被抓了起来，投入狱中。

第三十三章　风波亭忠臣遇害

秦桧命万俟卨、罗汝楫两个奸贼，终日用极刑拷打岳飞、岳云、张宪三人。与此同时，宋金达成了"绍兴和议"，宋国向金国称臣，将淮河以北的土地全部划归金国，并每年向金国贡奉银、绢各二十五万两、匹。金国提出，要实现和议，必须除去岳飞。然而两个月过去了，万、罗二贼用尽手段，也无法使岳飞三人屈招一字，秦桧为此闷闷不乐。

那天，正是腊月二十九日，秦桧同夫人王氏在东窗下烤火饮酒，忽然有家将送进来一封密信。秦桧拆开一看，原来是心腹家人徐宁从外地递进来的一张民间传单。一个叫刘允升的百姓，悄悄写了岳飞父子受屈情由的传单，挨门逐户地分派，准备约定日子上万民书请愿，替岳飞申冤。秦桧看了，双眉紧锁，十分愁闷。王氏忙问缘由，秦桧将传单递给王氏。王氏看后，道："捉虎容易，放虎就难了！"秦桧听了点点头，下定决心要除掉岳飞。

正在这时,万俟卨派人送来黄柑给秦桧解酒。秦桧收了,吩咐丫鬟剖来下酒。王氏道:"不要剖坏了!这个黄柑,就是杀岳飞的刽子手!"秦桧问:"这话怎么说?"王氏道:"相公将这柑子掏空了,写一张小纸条藏在里边,叫人转送给万俟卨,叫他今夜在风波亭结果了岳飞三人!这桩事就算完了!"秦桧点了点头,立即叫人去办。

大理寺狱官倪完是个忠厚正直的人,对岳飞三人十分照顾。这天是除夕夜,倪完特地准备了一桌酒菜,亲自送到岳飞房内,岳飞谢了,倪完便在旁边坐下相陪。两人正喝着酒,忽然觉得寒气逼人。倪完起身一看,原来外面下起了雪。岳飞心中有不祥的预感,便叫倪完取来纸笔,写了一封信递给倪完道:"恩公,如果我死了,请恩公前往朱仙镇,把这信交给我的好友施全、牛皋和一班弟兄们。他们个个是英雄好汉,我怕他们得知我的

死讯，做出不忠不孝的事来。恩公将信送去，一来救了朝廷，二来也成全了我岳飞的名节！"倪完接过信藏好，道："如果元帅有什么三长两短，小官一定将书信送去！"

忽然，一个狱卒走进来，轻轻在倪完耳边说了几句。倪完一听，脸色大变。岳飞问道："什么事这样惊慌？"倪完知道瞒不过，只得告诉岳飞，圣旨下来了，叫岳飞父子到风波亭去接旨。岳云、张宪不甘心乖乖受死，道："朝廷不念我们血战功劳，反要杀我们，我们为何不打了出去？"岳飞喝道："胡说！大丈夫视死如归，有什么可怕的！"说完，就大踏步走到风波亭上。两边狱卒不由分说，拿起麻绳来，将岳飞父子三人勒死在亭上。岳飞时年三十九岁，岳云二十三岁。

岳飞下狱后，已经辞官在家的老将韩世忠，前去质问秦桧岳飞有什么罪，秦桧蛮横地回答道："岳飞造反的事虽然还没查明，但莫须有？"韩世忠气愤地说："'莫须有'三字，何以服天下！"岳飞被害后，举国上下莫不悲痛，纷纷咒骂害死岳飞的秦桧，偷偷张挂岳飞遗像，秘密进行祭祀。临安一个卖小吃的摊贩，为了发泄心中愤恨，就捏了形如秦桧和王氏的两个面人，绞在一起放入油锅里炸，称之为"油炸桧"，恨透了秦桧夫妇的百姓们争相购买。后来，"油炸桧"慢慢演变为外面现在常见的炸油条，至今有些地方仍把油条称为"油炸桧"或"油炸鬼"。

岳飞死后二十年，即绍兴三十二年（1162）六月，主张抗金的宋孝宗即位，顺应民心，颁诏为岳飞平反，按礼迁葬于西湖边的栖霞岭下。此后，朝廷陆续追赠岳飞为鄂国公，加封武穆王，赐谥"忠武"，配享太庙。后人为纪念岳飞，在西湖边修建了岳王庙，还筑了坟堆供人凭吊。在岳飞的坟旁，人们用生铁铸成秦桧夫妇的跪像，让他们永世遭受后人的唾骂。

责任编辑　潘洁清
封面设计　薛　蔚
责任校对　王　莉
责任印制　汪立峰

封面绘画　李广宇
插　　图　李昌国　陈志明　郑凯军

图书在版编目（CIP）数据

岳飞传：插图本/（清）钱彩原著；金灿灿改编.
—杭州：浙江摄影出版社，2017.6（2025.1重印）
（童年书系·书架上的经典）
ISBN 978-7-5514-1802-7

Ⅰ.①岳… Ⅱ.①钱… ②金… Ⅲ.①章回小说—中
国—清代　Ⅳ.①I242.4

中国版本图书馆CIP数据核字（2017）第103476号

岳飞传〔插图本〕

［清］钱彩/原著　金灿灿/改编

全国百佳图书出版单位
浙江摄影出版社出版发行
　　地址：杭州市环城北路177号
　　邮编：310005
　　网址：www.photo.zjcb.com
制版：浙江新华图文制作有限公司
印刷：三河市金兆印刷装订有限公司
开本：880mm×1230mm　1/32
印张：4.5
插页印张：0.5
2017年6月第1版　2025年1月第5次印刷
ISBN 978-7-5514-1802-7
定价：39.80元